HAPPY おばさんのしあわせな暮らし方

SETSUKO TAMURA
田村セツコ

興陽館

HAPPYおばさんの
しあわせな暮らし方

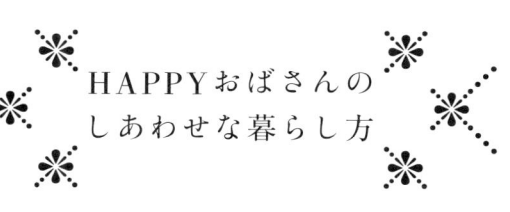

Bonjour!

〈はじめに〉

"あなたの暮しをたのしくしあわせにする"
HAPPYのタネをこの本でみつけて下さいね

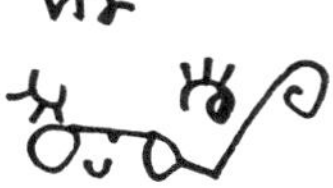

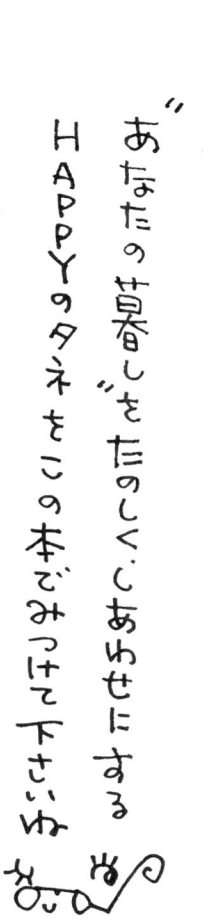

こんにちは！　ありがとう！　はじめまして！

たくさんの本の中から、この本を手にとってくださってありがとうございます。

はじめまして。こんにちは。おひさしぶり。
わたしの名前は『ＨＡＰＰＹおばさん』です。
ずっーと長い年月、ずっと読んでくださってる方。
わたしはいつもあなたと一緒にいます。
あなたにははじめてお会いしてからどれくらいの年月が経ったのかしら。
ＨＡＰＰＹおばさんのわたしが、はじめて読者のあなたにお会いしてから、もう長い年月が経ちました。

でも、わたしの気持ちは全然変わらない。

あなたがハッピーな生活を送れるために、ほんのちょっとでもお役に立てたならうれしいです。

いつもあなたと一緒にいるような気持ちなの。

もしあなたが少女だったら、ハッピーな大人になっていけるように祈っているわ。これからもよろしくね。

常にあなたと一緒に歩いているような気持ちで、お役に立てたり、ヒントになれたらうれしいなあ。

あなたがどんな立場にいても、今何歳であっても、ハッピーな暮らしをしているように祈っています。

ハッピーの種は身のまわりに山ほどある。その気になれば、たのしいこともまわりのほうから呼びかけてくれる。それくらいにならないとだめだと思います。

発見、発見、発見。
いくらでもハッピーの種は降りそそいでいます。
あなたにつかまえられるのを待っています、今か今かと。
つかまえてほしくて待っているんです。

日々、ハッピーをつかまえる工夫をたのしんでくださいね。

ぜひぜひ、あなたもハッピーの種、いっぱい降りそそいでいるからいっぱい見つけてほしいです!!

この本であなたが毎日をハッピーに生きて、毎日の生活にほんのちょっとでもお役に立てたらうれしいです。

HAPPY

わたしのあこがれ
ハッピーおばさん!!!
ちょっとのことで‥
クヨクヨなやんだり
わーどうしよう!!!と
あせったり‥‥
そんなわたしが相談にのって
もらいたいひと
「あ～ら、大丈夫よ」
「それならこうしたら?」
「わかるわかる」
「気にしない気にしない」
「ケ・セラ～セラ～よ」
と、明るく
はげましてくれるひと
ふふ。そんなひととして
"ハッピーおばさん"を
つくりました(田村セツコ)

ハッピーおばさんの お元気の ひみつ は?
「おほほ…
わたしの元気のひみつは
エプロンちゃん」

HAPPYおばさんてどんなひと？？
あたたかいハートとクールなあたまをもつひと！
やわらかくクルクルはたらくあたま
どんな小さなニュースもキャッチする耳
いろんなものを同時にパッと見る目
まじめなのにすぐジョークをいう口（笑）
HAPPY SMILE for YOU
どんな時もエプロンをキリリ、とつけると
パ
と
元気になるわたし
「さあ、これでからだもあたまもスイッチON!!」って
そんなかんじネ
（ハッピ・おばさん）
APPLE
アップルちゃん
ドリーちゃん

この本はＨＡＰＰＹおばさんの本です！

こんにちは。イラストレーターの田村セツコです。
ずっとわたしはイラストや絵を描いています。
そんなわたしが描き続けているのがこの『ＨＡＰＰＹおばさん』です。

ＨＡＰＰＹおばさんって何者なんでしょう？

わたしにも彼女の年齢はわからないんですよ、はっきりとは。おばさん自身も、隠してはいないけれどわからない。忘れてしまったらしいです。

ＨＡＰＰＹおばさんの年はねえ、たぶん27歳から１５０歳くらいの間のどこかっていう感じです。

あるときはすごいおばあさんの魔法使いのようで、あるときは若々しいお姉さんのようで、本当に得体が知れないところがあるんですね。

生まれた場所、出身もよくわからないんですけど、本人はフランスじゃないかって思っているらしいんですよ。まわりの人も、「あの方はどこの国の人かしら？　日本語がすごくうまいから日本人じゃない？でも、ちょっとフランスなまりもあるみたい？」なんて思っているの。

とにかく謎に包まれている人ね。

おばさんのお仕事は、日常生活っていうか生活全般。お掃除をするときは掃除人。お料理をするときは料理人。おしゃれをするときはスタイリス

あのね…
女のひとって
だれでも
ほんとはみんな
HAPPYおばさんや
魔法使いの
才能を
もってるのヨ
それに気づいてない
だけなの。
ふふ 気づいたら
びっくりして
たちまち
元気になっちゃう
はずヨ!!
HAPPY

ええーっ
ほんと!?
知らなかった
Afterg
SETSUKO

ト。誰かが具合の悪いときはお医者さま。その都度、専門家になるみたい。だから、いろんなことにくわしいんですよね。

結構長生きしているらしいの。たくさん経験を積んでいるらしくて、いろいろな経験から学んでいるんじゃないかと思います。

HAPPYおばさんの趣味は「生きること」らしいの。まあ生きることそのものが趣味みたいな感じかな。

HAPPYおばさんは「しあわせに暮らす方法」をいっぱい知っています。

工夫してちょっとしたことも贅沢に変えていくのが好きみたい。

この本にはそんなHAPPYおばさんの「しあわせに暮らす」「生活をたのしむ」方法がいっぱい詰めこまれています。

「しあわせってこんなに簡単なことなんですよ」

HAPPYおばさんのおしゃべりにつきあってくださいね。

HAPPYおばさんのしあわせな暮らし方 ※ 目次

はじめに

HAPPYおばさんからの言葉 3

Part 1

暮らし方 31

Part 2

おしゃれ

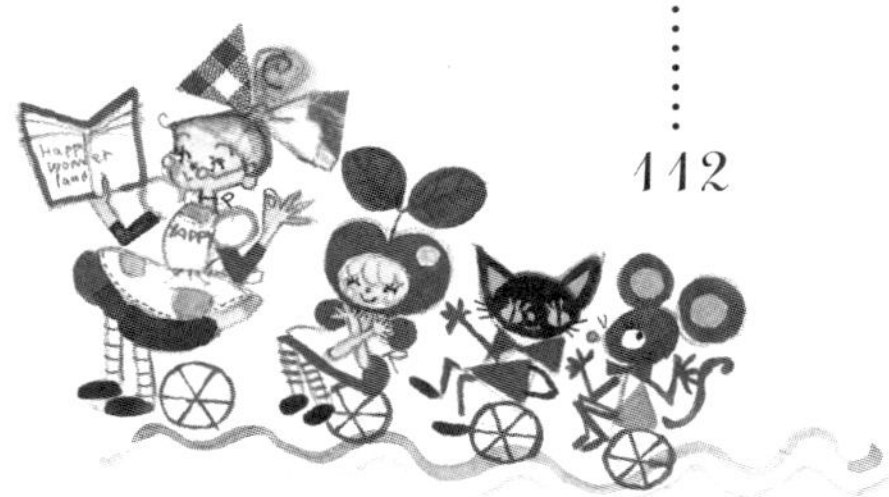

HAPPY

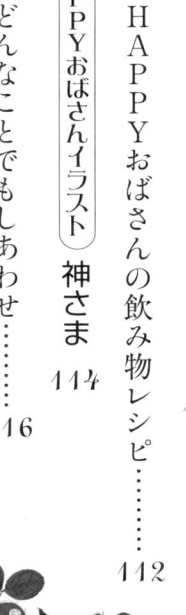

Part 3

しあわせ 119

Travel Guide
Mr. BEAN

「ＨＡＰＰＹおばさんは実は私の憧れの人なの。
わたし、ＨＡＰＰＹおばさんのファン第一号よ。
ＨＡＰＰＹおばさんの真似をしてエプロンを付けたりしてね。」

田村セツコ

Love letter
あなたへの
Love Letter!!
HAPP
for you!!
SETSUKO

HAPPY

Part 1
暮らし方

暮らし方を工夫する！

ＨＡＰＰＹおばさんが、毎日の暮らしの中でしあわせを感じるとき、それは工夫をするとき。

やっぱり、工夫をすることはとてもすてきなこと。

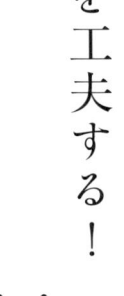

困ったとき、そこで立ち止まってもいいんだけど、立ち止まって「どうしましょう？」って考えるときに、何もないところから、うれしくなるようなアイデアを考えるのが、工夫ってこと。お料理でも縫い物でもそうだわ。

針と糸でソーイングするときは、破けたところにすてきな継ぎを当てたり、どういうカラフルなボタンを付けようかしらとか。

お料理も、いいおやつがなかったら、パンくずにはちみつを垂らしてシナモンパウダーをパパパッと。「うわー、美味しいお菓子ができたわ！」みたいなね。

工夫することは大きなテーマ。工夫するエネルギーを絶やさない。

工夫することが大好きだと、全然お金もかからずにハッピーをゲットできると思うのね。

物がないといったときは、「困った」と言う前に、「あらー、じゃあどうしましょうかしら？」と考える。そこがうれしいわけ。

困ってしまって工夫するときに、エネルギーがパチパチとスパークする。頭と心に喜びのスパーク。

工夫が好きっていうことは無敵。困ることがなくて、困ることがうれしくなるくらいの達人になれば無敵よ。

衣食住でも困らない。どこでも暮らせるっていう感じ。

♡Anne of Green Gables
"赤毛のアン"の、アンとダイアナの誓い。

♡アンは、ダイアナと知り合って
うれしくてうれしくてたまりません。
「あのう、わたしの腹心の友と
なってくれて？」
「ええ、なれると思うわ」
ふたりは、おごそかに
手をあわせます。
「ほんとうは流れてる水の上で
手をとりあうの。
今は小径の上だけど
水のつもりに想像
しましょう」と。
"想像"がおとくいのアン!!

ぼ、ぼ、
ぼくも
う、う、うれしい
で〜す!!

『いちご新聞 2013年11月号』より

友達って…すてき!!
いつ知り合ったのか
おぼえてないけど…
でも、いつのまにか
心の中にふんわり
入ってるの。
そう、暗やみの中に
ほんのり灯っている
あかりのように。
友達って、いくら本を読んでも
わからないことをふっと
おしえてくれたりするの。
アップルちゃんもドリーも
チューもわたしにいろいろなことを
おしえてくれるの。テレくさいから
いちいちお礼は言わないけど、ふふ…
それからそれから…たいせつなたいせつな
月の光りや☆星のきらめきや
お花の香りや　風のささやきetcが
いつも、わたしをそっと
はげまし、たすけてくれるの…
APPLE
APPY
どうかしら?
すごーく
なかよし
ヨ!!
あなたたちの
友情って、ふつう
ありえないん
じゃないの?

召使のように暮らす！

大人になったらどんな暮らしをしたいかしら？

少女のころはばくぜんと夢を描いたりしました。お姫さまの物語もかなり読みました。

気立てがよく美しいお姫さまは、いつか王子さまに見そめられてしあわせに暮らすそうです。ふわふわのドレスで、舞踏会やさまざまな社交界の花として人気のヒロインになります。

わたしはどちらかと言えば、お姫さまよりも召使が好き。

シンデレラも、継ぎの当たったエプロン姿で忙しく働く不遇時代がわたしの性にあっていると思います。毎日、美しいドレスを着るお城での暮らしはすぐにあきてしまいそう。それよりお姫さまのおしゃれ係として、ヘアスタイルや暮らしの小物、ひとつひとつを工夫してお姫さまにおススメします。

お買い物にでれば、街の人々の情報をあつめてお姫さまに報告します。

そうすることでわたしもとてもトクをしてしあわせな暮らしができるようになるから。

HAPPYおばさんもきっとそうなのだろうと思います。

『いちご新聞 2017年3月号』より

Bonjour みなさま
Spring has Come
こんにちは!
さむ〜い冬がすぎて
まちにまった
春のそよ風が
お花の香りをまきちらすシーズン!!
お花のように美しく
お花のように かわいらしく
そんなふうに
お花は人々を うっとり
しあわせにしてくれる…
そういう そんざいですよネ〜
でも.でも.ちやほやされて
イイ気になってるわけでは
なくて!!!
お花は春になると
パッと咲きます×
明るく.たのしそうに。
しか〜し!!
つめたい冬の風の中
つめたい雪の中
ひとびとが
ふみつける
土の中に…
いっしょうけんめいに
ほそい根をのばし
栄養を
あつめて
いるんですヨ
外からは
みえない
土の中には….
お花が美しく
咲くための
ナゾナゾが
いっぱい
あるのヨ
かたい石などを
よけて
ほそい根を
どんどん
のばし
土の中から
栄養を
ゴクゴク
いろ〜んな
虫たちも.じつは
土を ほっこり.ふんわり
たがやしてくれて
協力して
くれてるのヨ!!!
じみなおしごと
ごくろうさま
ありがとう
めだたない
みなさま
ありがとっ
気づかな
かった

HAPPYおばさんは手づくりが好き

HAPPYおばさんは、あまり器用ではないけれど、手づくりが大好き。
忙しいときでも、針と糸を使うと気持ちが落ちついてくる。
メディテーションではないけれど、誰でも試してみるとわかる。
針に糸を通して、破けたところを直したり、取れたボタンを付けたり、
あきちゃった色のボタンを別の色のボタンにしたり。
針と糸でちくちく直していくっていうのは、すごく気持ちがいいことで、
気持ちがとても落ちつくの。ぜひ試してみてください。

HAPPYおばさんは声のプレゼントが好き

プレゼントは、もらうのもあげるのもうれしいものです。とびきりのプレゼントといえば、声の贈り物。たとえば、あなたの声で大切な人に本を読んで聞かせてあげるのってすてきなプレゼントだと思います。HAPPYおばさんも子どもたちやお年寄りやいろんな人に読みきかせてあげているみたいです。あなたも誰か大切な人に声のプレゼントをされたらいかがでしょうか。

♡ドイツのルドルフ・シュタイナーという
博士が、「人間の声には霊が宿る」と
おっしゃってるの。
声は、そのひとそのもの。とてもくっきりと
その人の心があらわれるんですって。
そして、それは世界にひとつの宝ものなわけ。

♪ま、わたしは、自分では意識してないけど
わたしの話し声から、Happyなバイブレーションが
伝わる……って、よく言われます。そうだったら
うれしいことです。これからも、本や新聞を
声を出して読んで良い声にますます
みがきをかけたいワ!!!

ふふ

『いちご新聞 2012年12月号』より

♡ プレゼントをいただくのって
なんて うれしいんでしょう♪♫
わあ わたしのこと忘れてなかったのネ
ありがとう♡ しあわせ♡♡♡

でも

もっと もっと しあわせなことは
プレゼントをあげること♡？
そのひとにふさわしいプレゼントを
さがしたり 作ったりするよろこび

ところで

ふふ
わたしが今回
ご紹介するのは
品物じゃないの。
それは見えないもの…☆

世界でも
めずらしいミラクルな
プレゼント…
それは あなたの声ですョ…

☆ ちょくせつお話しするのも
本を朗読するのも♡ すてき。
名作物語を すてき。
病気の子や おとしよりに
読んであげるプレゼント… すてき。
たぶん おくすりより キキメが
あるかもネ ✌ きっと
あなたの声が 名作物語の
すばらしさに いのちを吹きこむ役を
はたし その物語がイキイキと
うごき出すの。 パチパチパチ

ものを大切にする

ＨＡＰＰＹおばさんって、なんでも大切にするの。

捨ててあるごみも大切にする。

道を歩いていると、骨の折れた傘とか、ダンボールの箱とか、「わーすてき！」って拾いますよね。

傘なんか、「もったいないわねー。昔は修理して使ったのに、ちょっと折れただけで捨てちゃうのねー」なんて、傘に話しかけてる。

でも、ダイヤモンドなんて、ほしいとは思わないのはふしぎ。

なんでも自分でつくってみる

DIYつまり
「Do It Yourself!」
自分自身で暮らしのいろいろをつくってみませんか。
なんでも自分でつくったら暮らしはもっとたのしくなります。
あなたの暮らしの中にたくさんの手づくりがいっぱい。
HAPPYおばさんは「ひみつの魔法のスクラップブック」をつくってみましたよ。
これはただのスクラップブックじゃないんですよ。

『いちご新聞 2018年4月号』より

Bonjour

自分で作っちゃお!!シリーズ
<DIY>
Do It Yourself
ってわけ♪

パリ と ペーらぺら!?

なんでもオブジェになっていく

ＨＡＰＰＹおばさんは、道に落ちている可愛いものを拾ったりする。なので、そういうものが山のようにキープされているの。

たとえばコウモリ傘。

捨ててあるコウモリ傘を拾って、骨からはがしてそれをエプロンにしたり。

それから、缶詰の缶が車に轢かれてぺちゃんこになっていたりすると、「わあ、とっても形がいい。オブジェとして使える」とかね。眺めているだけでしあわせとか。

いろんな人が捨てちゃうようなものの中に、面白いものを見つけて、カッコいいと思うみたい。

HAPPYおばさんにかかれば、なんでもオブジェになっていくっていうことですね。

〈イギリスの骨董市めぐり日記〉

▲ホテルに戻って、
マーケットで買ったものを
並べて記念の集合写真♪

▲Sunburyマーケットは、
毎月の最終火曜日に開催☆
Kempton Parkの競馬場で
行われる大きな骨董市よ♪

▲美しい郊外の町Farnhamでも
アンティーク市を満喫☆
毎月第一土曜日に
行われています♪

▼シャーロックホームズのような
探偵気分になれちゃう
アンティークメガネを発見☆

▲このトランクは、
Sunburyマーケットで
買いました☆

『いちご新聞 2017年9月号』より

Bonjour みなさま
YOKO
WATASHI
Shin
ありがとうございます…
ふふ…
Welcome to Wonderland
先日 サンリオのお2人とわたしなかよし3人組で イギリスにぴゅ〜ッと行ってきたの…そして 古くて古くて いとしい、すてきなアンティークの品物に会いました!! ながいこと、たいせつにたいせつに使われてきた、品々が…
Forget me not… 忘れな草のささやきがきこえてきます…
古本
Forget me not
little Book of ALICE
FORGET ME NOT
美しいししゅうのカード
古いカップや お皿
胸がキューンと
古いレース 在る
きゃ わたしって アンティーク?
わっしょい わっしょい
いつまでも
わっしょい わっしょい 長生きしてエ
LE TV
HAPPY

古いものを新しいものにリフォーム

どんなものでも、お金を出せば買えるって思ってる人が、若い人なんかに多いと思う。

けれど、ものを買わなくても、古いものを捨てないで大切にして、リフォームしてまた新しいものにつくりかえる。

HAPPYおばさんって、そういうことがすごく好きな人。

ものに魔法をかけて生き返らせる。そういうことが生きがいみたい。

けちんぼとは違うんだけど、本当にお金がかからない暮らしが大好き。

たとえば、傘の骨が折れたから捨てちゃうんじゃなくて、一生懸命に直したり、よれよれになってしまった骨を抜いてエプロンをつくったり。

昔は廃物利用という言葉があったわね。捨てちゃうものを利用するという意味よ。HAPPYおばさんは廃物利用が大好きで得意なの。

ものを買わないということではなく、買わなくてもやれるということですね。

たまに、これぞというものを買ったりするのはいいんだけれど、ばんばん買って、古くなったから捨てちゃうような使い方をしないということかな。

I ♥ LONDON
2階だてロンドンバスは
街中を、元気な生き物の
ように、走りまわっています♪♫
Mary Poppins
古くて、ロマンチックな
街並み!!
わ〜メアリー・ポピンズが
空からおりてきそう!!!!
CAFEのお紅茶は
ビシッと濃いめです!
ALICE in Wonderland
The PHANTOM
オペラ座の怪人をみにいきました。
すごい熱演にアットーされました。
音楽の力。ふしぎな物語
hello kitty in LONDON
Teddy in LONDON
ALICE in LONDON

『いちご新聞 2016年9月号』より

Welcome to LONDON

Bonjour みなさま

わたしは ふらり、と
ロンドンに 行ってまいりました

ロンドン大好き
YOKO編集長と、
SHINOおねえさんのお2人に
つれてっていただいたの。

パタパタ
古き
よきものを
大切に!!
ほこりを
はらって
ピカピカに。
その上に
新しいものが…
生まれるのネ
METRO

まあ、なんてステキ!!!!
古い伝統の香りが
ただよって
さすがのかんろくに
うっとり…
まほうの物語が生まれるはずネ。

なあるほど…!!
なあるほど
なあるほどと、
うなずくわたし。

古いものを
大切に!!って
やっぱり
ステキ!!
そういった
イミで
お金よりも（笑）
大切にしてネ…
ふふ

ま、それから
今回おせわに
なった
お2人のレディには
かんげきしました。

すごい
わ持ちの
お2人!!

SUOMI
FINLAND
ハーイ
こちら
でーす!!
美しいYOKO編集長 と ラブリーなSHINO主任に助けられるわたし!!
「タフじゃないとやさしくなれない
やさしくないとタフになれない」有名なタンテイの言葉です。
…なれない」のそれ。おぼえていてネ
ヘエ
カッコ
イイ
NEWS
シビレ
ました!!
ピリピリ

お掃除が好き

ＨＡＰＰＹおばさんは、お掃除は好きなんだけどへたみたい。だからどうしても散らかっちゃう。

同時進行で一度にいろんなことをやるからなんだけど、それがウイークポイントね。片づけも苦手よ。

お洗濯は、機械を使わないで手で洗って干す。

お日さまの光で洗濯物が乾くのが何よりも好き。朝は濡れていたのに夕方には乾いているのがね。もう「お日さまありがとう！」って感じ。

手で洗うときに「ご苦労さま」って洗濯物に言う。「はい、お疲れさま。

チュッ。じゃあ洗うわね」って。

お日さまっていうのは、当たり前のようにみんなに降りそそぐんだけど、あまりお礼を言われるチャンスはないわよね。

でも、HAPPYおばさんは空を見て、「ありがとうございます」ってお礼を言う。

お日さまで乾かした方がいい匂いがする。香ばしいっていうか、日差しの匂いがする。

ときどき、「大きなものやシーツはどうするんですか?」って聞かれる。

そういうものは、お風呂に入ったときに洗うの。そして上に乗っかって、昔のワインづくりみたいに足で踏んで洗うんです。

一緒に足もきれいになるから喜んでいるわ。

『いちご新聞 2016年3月号』より

Bonjour みなさま♪

小鳥の歌と
お花たちの笑顔

ところが!!
じっさいのところ
寒い日が多いのが
この季節ですネ～～～プルプル
身も心も
ちぢこまってしまいそう…

そんなときは
自分の手を
じっと
ほほを
あたため
ましょう

すると…?

小さい部屋が好き

最近、ＨＡＰＰＹおばさんは、プライベート・パラダイスっていう言葉がすごく気になっている。

どんな小さなスペースでも、そこが自分だけのプライベートなパラダイスだと感じるのね。

そういうコツをゲットできれば、押入れのすみっこであろうと、段ボールの中であろうと、居心地よく暮らせると思うんです。

それはイメージの持ち方よね。

広ければいいってもんじゃないと思うんです。

狭くても、お部屋のすみっこでも、キッチンの片すみでも、居心地のいい自分のパラダイスになると思います。

広い狭いは意外と関係ないと思うの。

逆に狭いほうが居心地がいいと感じる人もいる。

HAPPYおばさんは割と狭い場所が好き。

子どものときに、箱の中に入っちゃったとか、カーテンの下に隠れたりとか、そういう懐かしい感じがするから、狭いお部屋ってすてきです。

『いちご新聞 2009年4月号』より

アップルちゃんのミラクル日記
by SETSUKO TAMURA
APPLE DOLLY
えーと…どなただったかしら？
ポ〜〜 すてきなひと
アップルちゃん こんにちは
Patisserie
とつぜん すてきなひとに あいさつされて ドキドキしました。
キリッとした エプロン姿《すがた》には シビレます!!
APPLE DOLLY CHU APPLE DOLLY CHU APPL

家具はイスとテーブルとカーテンだけ

家具は、イスとテーブルとカーテンがあればいいと思っているようね。気分転換にいいから、カーテンはいろんな柄を季節ごとに替えるけど、家具はとてもシンプル。

テーブルひとつとイスがふたつ。もしお友達が来たら座るから。すごくシンプルで、家具なんかあまりこだわらないで、テーブルとイスと窓にカーテン、あとは本棚。

本棚には『星の王子さま』とか、ありとあらゆるお気に入りの名作がぎっしりと。『愛の妖精』とか『小公女』『少女ポリアンナ』『あしながおじさん』

とか。

HAPPYおばさんでもまだ読んだことのない本がいっぱいあるの。難しい哲学書とか、そういうのも読むのがたのしみ。

まだ読んだことのない本があるのがうれしい。

HAPPYおばさんって、ページをめくるときのトキメキが好きらしいの。とにかく本が大好き。

紙のページ、手触り、本が大好物。

お散歩に行くときは図書館に行くの。本を見て触るのが好きなのよ。

本を好きな人がいっぱいいるからたのしい。

Love
はなれていても
つながっている
わたしたち

Part 2
おしゃれ

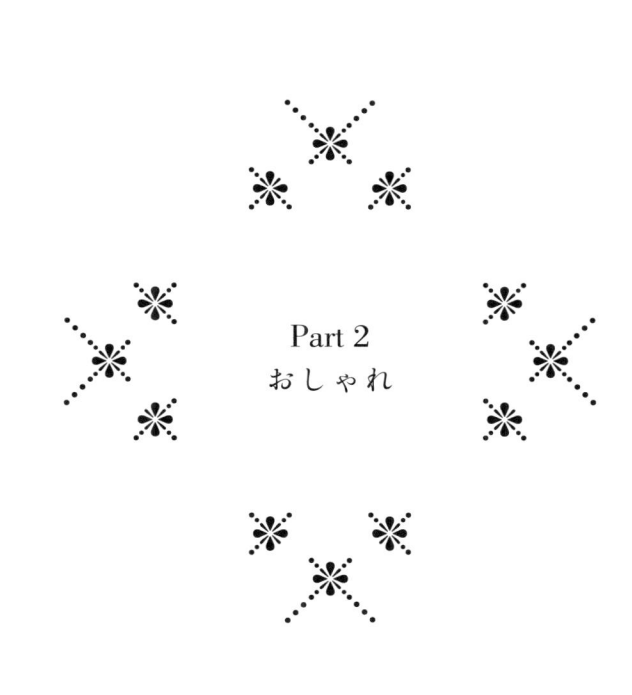

HAPPYおばさんはおしゃれ？

ＨＡＰＰＹおばさんは、みんなからおしゃれだと言われる。いろいろと工夫をして、ちょっとでもたのしそうな感じのファッションをするのが好き。それを人が見たら、おしゃれだっていうことなのよね。人にほめられたくてやってるわけじゃなくて、自分が好きでやってることが、結果的におしゃれって言われているのよ。

基本的にＨＡＰＰＹおばさんは、人からどう思われるかは、あまり気にしない。

自分が好きでたのしいことを追求しているみたい。マイペースってことね。

「風流」っておしゃれですね

「風流」に生きるってなんとなく渋くて、おしゃれですね。
風流って、なにか不足したり、不便なことも平気で、涼しく生きるってことかと思います。
「悲しみ」もたのしめる、「苦しみ」もたのしめる。
そうなれたら、本当の、おしゃれなおとな……なんですね。

ひとは…眠《ねむ》ってるあいだに
新《あたら》しい運《うん》気《き》をつくるのヨ…
だから
ここちよい、深《ふか》い眠《ねむ》りが
たいせつなのデス
わたしが今夢中なのは
バニラとかココナッツの香り
ふんわり甘《あま》い〜〜〜
幸《しあ》わせの香りなの…
ふふふ
ロマンチックな
夢の世界へ
思い出の国へ!!
風《ふう》ランの
さわやかな
香り大好《だいす》き!!
アロマの
せかい
お高《たか》いオーデコロンや
香水《こうすい》がなくっても、身近《みじか》なところに
すてきな香りはいっぱい。
オレンジやレモンの皮、お庭のミントなど…
さいごは
あなたの"お人柄《ひとがら》"の香りが
じにのこるものヨ。
わたしの"お人柄"の香りって…
どんな香りかしら?
ショコラと、ピーチと、ストロベリー?
エート、エートそれとも エート、エート
ボクは
チーズの香りが
好き
わたしは…
おかかの香りが
好き

アップルちゃんのミラクル日記

by SETSUKO TAMO

すっごいおしゃれなひとと
すれちがいました。
なんか風《かぜ》の中《なか》に、かすかにかすかに
楽《たの》しい香《かお》りがただよいました。
お花《はな》かフルーツかミントか
なんの香りかわからないけれど…
あこがれの香りってかんじ…

わたしの
おしゃれの
仕上《しあ》げは
香りです…
落《お》ちこんだときも
うれしいときも
その時《とき》にあわせて自分《じぶん》で
工夫《くふう》してえらぶの…すると
心《こころ》が自由《じゆう》に
かろやかになる
みたい…

帽子は自分でつくる

帽子って本当にたのしいものよ。

古いセーターの袖を切って毛糸の帽子にしたり、なんでも身近なもので帽子はつくれるんです。

イギリスの貴婦人なんかが、すごく派手な帽子をかぶって、「こんなのいかが？」とばかりに、競馬場に行く写真なんか見ると、ワクワクするわ。

贅沢な高級品を買わなくても、いくらでも身近な材料でつくれます。

気分転換にもなるし、変身するにはとってもいいんです。

いくつになっても友達ができる

いくつになってもお友達はできるの。

年をとっても大丈夫。

偶然、喫茶店で隣に座ってすてきだな、おしゃれだなと思ったら、話しかけてみて。

何かのきっかけからお互いに同じものが好きだとわかる。

大好きな映画や、大好きな本や、大好きな音楽について話してみたら、ずっと前からお友達だったような気持ちになります。

ＨＡＰＰＹおばさんはそんなふうにいろいろな人に話しかけています。

いつのまにか、大好きな映画の話
大好きな音楽の話
大好きな本の話など
おしゃべりがはじまりました♪
そうそう
それからね それからね
時間をわすれておしゃべりしました…
good night…
そしたら
ふしぎ
2人は、いつのまにか 年令をこえて、時空をこえて「女学生」になってしまったの!!!
forever
きゃ
ふしぎね
ふふ
そう…
出会いは、ふしぎ!!
なんの前ぶれもなく
おとずれるの
おともだちは
なんの前ぶれもなく
みつかるの。そして
永遠のなかよしに
なったりするのヨ!!
ふふ
WONDER
FUL
FUL
FUL

Bonjour みなさま
EUROPE
ちょっと昔の
ある日、おともだちが
できました…
あるカフェで すてきな
老婦人をみつけたわけ
まあ おしゃれさん
←パール
←うすい 布地の ワンピース
身のまわりの もの こまごまと いっぱい 入ってます
↑なんと!! スニーカーが おにあい
おともだちはすてき! どんな宝石も かなわない 宝物!!
OUI
そう、まったく すばらしい 宝物だと 思う
そ、そうかな あ?

扇子ってセンスがいい！

扇子が一本あれば、魔法使いになったような気分になれる。

どんなときでも風をおこして、そのときにストックしている考えに、どんどん風を入れてくれる。そして扇子は、つぼめれば一本にまとまってしまう。いったい誰が発明したのかしら？　すばらしいわ。

そんなわけで、いつも扇子を尊敬しています。扇子ってセンスがいい！

大人になっても絵日記！

子どものころの絵日記。
自由に書いてとってもたのしかった。
大人になって書いてみても面白いかもしれませんね。

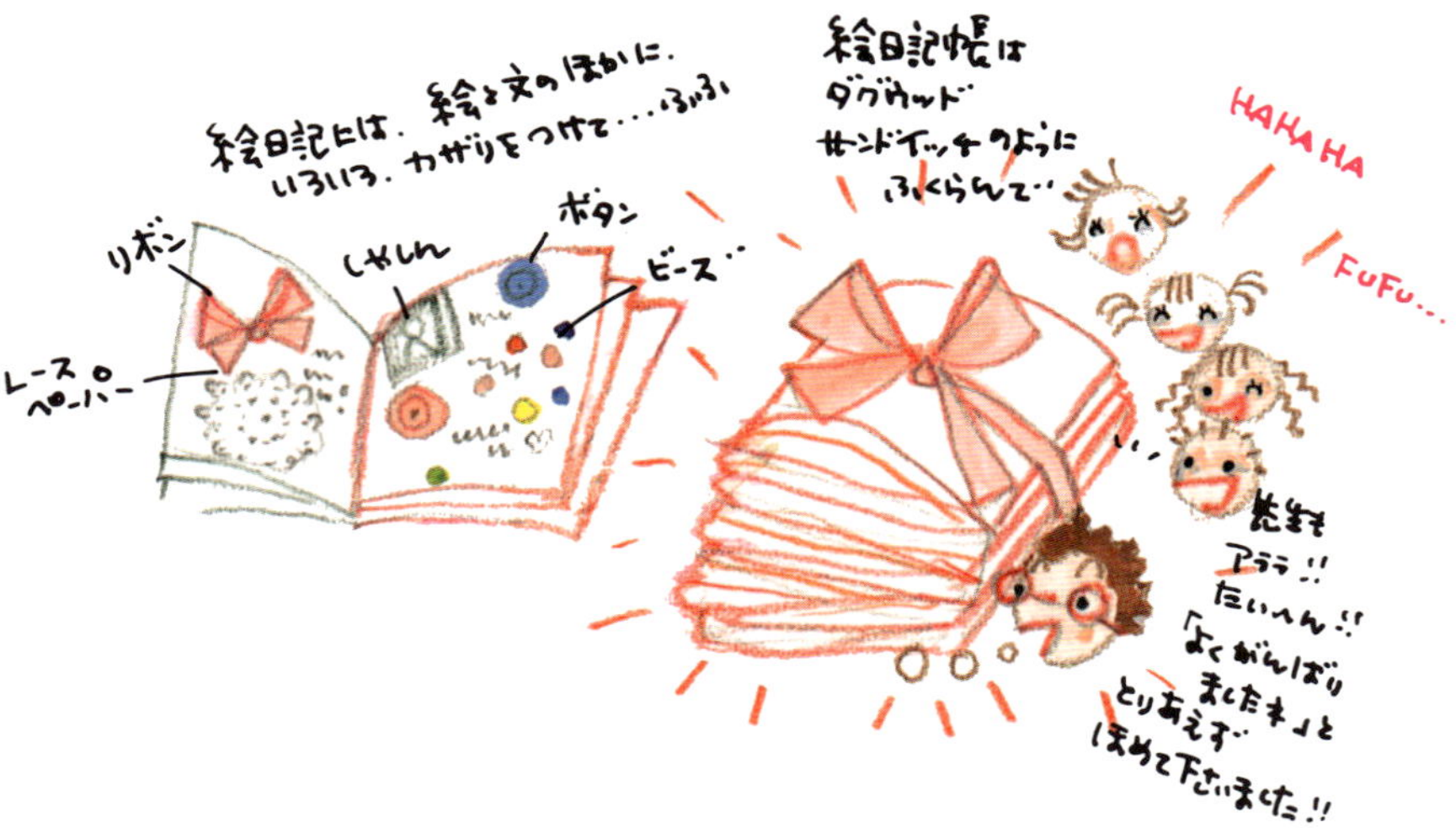
絵日記ヒは、絵と文のほかに、
いろいろ、カザリをつけて…ふふ
リボン
しゃしん
ボタン
ビーズ…
レース ペーパー
絵日記帳は
ダグウッド
サンドイッチのように
ふくらんで…
HAHAHA
FUFU…
いい
先生も
アララ!!
たいへん!!
「よくがんばりましたネ」と
とりあえず
ほめて下さいました!!

ふふ…今でも
その頃とほぼ同じ!!
いろいろ工作の
アイディアを
考えるの大すき♡
夏は、心のアンテナがいつもより
ピッカピカに
かがやくみたい♪と気がしない？
それとも、わたし
だけかしら？ふふふ…
それって
もしかして
じまん？
HAPPY
HAPPYおばさんの
おしゃべりCAFÉ

ボンジュール みなさま♪

なんか…はるかな昔の、なつかしーい
わたしの夏休みを思い出してるの…ふふ。
そう、夏休みって、人生の中で とくべつビッグなおくりもの。
おひさまはニコニコ 空も海も、山も、両手をひろげて
早く遊びにいらっしゃい!!と、呼びかけるわ。
そんな中、わたしは、宿題のドリルや絵日記を早く
あとで たっぷり遊びましょう!!と 心にキメて…
大ハリキリで 大すきな工作に夢中になり…
けっきょく、海へも山へも 行くひまがなかったのヨ(笑

お針セットでポケットをつくる

針と糸はすてき。魔法のグッズね。持っているとすごく安心する。
公園のベンチで繕い物をしたり、取れちゃったボタンを付けてあげたり。
針と糸はふしぎなパワーを持っている。
重たくないんですよね、針と糸って。
それを持っていることによって、破けたところを繕えることが安心じゃない？
それを魔法と呼んでいるわけ。
ほかの人の破けたところも、やってあげられるじゃない？

それがまたうれしいの。
HAPPYおばさんはポケットが大好きなので、ポケットになんでも入れるのね。
ポケットがない洋服には、いろんなポケットを付けるのが大好きなんですって。

秋は、空気が澄みわたり
心もスーッとおちつくので
詩をつくったり…なんと!!俳句や
短歌まで勉強したくなるの。そして
目をとじると、いつも
月夜の海を
舟にのって、ひとりで
すすんでいく夢をみるわたし。
ふしぎネ〜〜
少女時代からずっと
この景色が
浮んでくるの…

International

ベーカー街といえば
名たんてい
シャーロックホームズの住所が
あるところヨ
すてきでしょ? 本棚のスキマにそんな「ひみつの道」を
発見するなんて。
わたしもまねして
本棚をジーッと、
ながめているところです(笑)

わたしにとって秋はやっぱり、芸術の秋だヨ
ENJOY
わたしは読書の秋!! 気に入った小説には「アップル賞」をあげるのヨ
BOOKS
もっちろーん食欲の秋にきまってるじゃない
きゃん そしたらスポーツの秋にきまってるじゃない

Bonjour みなさま♪
わたしの大大大好きな短歌
「本棚をずらせばそこに秋風の
ベーカー街へ続く抜け道」
秋谷まゆみ作
poe
London

『いちご新聞 2016年10月号』より

服はアレンジ！

HAPPYおばさんの服って、似たような形なんだけど、何種類か持っている。ほとんどが手づくりよ。お洗濯して、干して、それをまた着ています。

でも、数はあまり持っていないの。

いつも同じ服を着てる感じがするかもしれないけれど、そこに何かをプラスしたりして、アレンジするのが好きみたい。

古いものも、洗濯して干してを繰り返しています。そういうことが好きなのね。

流行のファッションは、ちらっと横目で見るくらいで、参考にはするけれど、基本的には自分のお気に入りを着ているわ。

HAPPYおばさんの家のクローゼットには、ぎっしりと古い服が突っ込まれているのよ。

たくさんの
お母さんたち
ありがとう!!
アップルちゃんにもお母さんがいて
そのお母さんにも
ドリーにもお母さんが!!
チューくんにもお母さんが・・・
虫くんにもお母さんが〜
お花にもお母さんが〜
ふしぎ!!
HAPPY
亡くなったお母さんも 心の中にいつもニコニコ
生きてるんだって!!
うれぴー!!
うれぴー
お母さんがいなければ
わたしたちも
いなかったのヨ
なかよくしてネ
いい子ちゃん!!

『いちご新聞 2019年5月号』より

5月に
なりました!!
5月といえば…
こどもの日とか
いろいろ
ある中で
やっぱりやっぱり
HAPPYな
母の日
感謝の気持ちが
ぽゆ〜んと
Bonjour 皆さま♪
Happy Mother's Day
HAPPY
ふふ…
お母さんにも
お母さんがいて
そのお母さんにも
お母さんが
いるなんて!!
すご〜い!!
この世に
生まれてきたことは
なんとミラクルなこと
でしょう。
お母さん
ありがとう!!!

スプーンは働き者

スプーンは本当に働き者。ふしぎな道具です。

はちみつをスプーンに一杯すくってなめたら喉にいいとか、マーマレードを一杯なめたら元気になったりとか。

ほかにもいっぱい使い道がある。

お肌をペタペタ刺激したり、そういうことにも役に立ちます。

口の中にスプーンを入れて、歯茎をギューッとマッサージするっていうエステもあるんですよね。

お顔をペタペタたたいたり、おでこに冷たいスプーンを当てたりすると、すごく頭がはっきりしてきて、ぼんやりしてるときにはとってもいいですよ。

でも軽くたたいてね。強くたたくとたんこぶができるから。

いろんな時がありました。
いいことも☆ とんでもないことも。でも…
ぜ〜んぶ 目をとじて、おちついて考えると
本当は、じつは みんな
ステキなことだったのではないかと、思えてくるのです
ふふ…
ほほえみも
なみだも
とても良い栄養と
なって、
あなたを育ててくれるのヨ
未来は、どんな
あなたになれるのでしょう？
とっても
たのしみ!!!

『いちご新聞 2016年12月号』より

Bonjourみなさま!
LIFE MARATHON
青い小さなやせた・弱々しい小鳥でも一生けん命はばたいて虹をこえて飛んでいきます。あの・小鳥のようにわたしたちもがんばりましょう…ネ!! Over the rainbow
Merry Christmas
神さまはおいそがしい…みなさまにいろいろたのまれて…
そんなわけで…なるべくならおいのりは感謝の気持をあらわしましょう
神様おげんきですか?わたしたちもげんきですおかげさまで
神さまわたしが…ここにいることおぼえていてネ
神さますてきなともだちをありがとう!!
あのう神様ボクのいのちよろしくネ!!

スクラップブックはお薬

スクラップブックには、本当に気に入ったものを、雑誌の写真や、キャンディの包み紙やお気に入りの言葉や、いろんな切り抜きをペタペタ貼っていくの。なんの目的もなく。

あとになって、貼ったときのたのしさがよみがえってくるんですよ。

スクラップブックからは、いっぱいヒントをもらえる。

それから気分転換にもなる。今の気分から、パラパラパラパラッとめくるだけで変わることができるんです。

スクラップブックは本当にお薬みたいね。

だからわたしには、ビタミン剤とか、サプリみたいなものはなくていいの。

ワクワクするのよ。スクラップブック、おススメします。

ふふふ
ダンボールで
表紙を
つくったのヨ
FR
WATASHI DIARY
HAPPY
Bourgui
maiso
C'EST
gnon...

『いちご新聞 2012年3月号』より

わたしはとにかく、スクラップブックがだ〜いすき!!
こどもの時からそうなの。
ラブリーなキャンディのつつみ紙や、キップの半分や
押し花やかがみのかけらや〜〜〜いろ〜んな、
リボンやボタンやシールやすてられないものを
チョコレートのあき箱にためていたの
それをある日、スケッチBOOKにペタペタはりつけたわけ。
そのスクラップのお楽しみが、こんなおばさんになっても
まーだつづいているの。どーにもとまらないのヨ ふふふ。

ときどき スクラップブックのページをパラリとあけると!!!
パーッと、ひみつのhappyがあらわれて、
キラキラかがやきはじめるヨ。
その時が、たとえ、ブルーな気分だったとしても
その気分は、みるみる消えてしまうのヨ
そうね、それは、わたしだけにわかる
ひみつ、ひみつ、ひみつの、
すてきな小部屋なのかも

うわ〜〜
ハッピーおばさんの
ひみつがいっぱい
SCRAP Book
HAPPY
Milan.
teur et
tendhal

わたしは1冊の中に
なんでもかんでもはりつけちゃうけど(アコーデオンみたいになるのヨ)
きちんとしたひとは、ジャンル別に
お料理かんけい おしゃれかんけい インテリアかんけい
健康かんけいなどなどにわけて作ると、
あとでホレボレするほどとっても役に立つわョ!!!

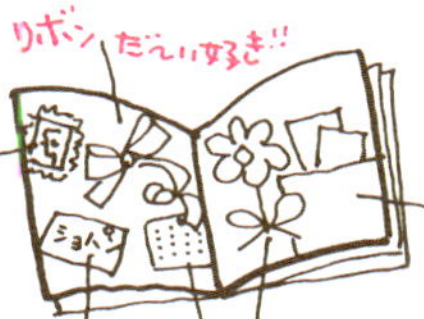
リボン
だ〜いすき!!
切手
ポケットをつけました
ショパン?
コンサートのチケット
押し花
新聞の切りぬき

Cooking
Interior note
Beauty Power
表紙はもち、オリジナルデザインにしてネ
きゃ
美容にかんする切りぬきやひみつのメモ

やさしさはオーラになる

オーラが見える。
と言う人がいますね。
人間のからだの外に、
ふしぎな光のようなな？　色彩が見えるそうです。
そういう人に見てもらったら
「虹色の光がからだ全体から
あふれています」と言っていただき
夢のよう!!　と喜んでいる人がいます。

おとぎ話のお姫さまは、たいてい姿形が
美しく、その美しさに、王子さまはクラクラして
プロポーズする運びになっています。
この場合、王子さまがクラクラするのは、じつは、じつは、
そのお姫さまの、心のやさしさ、清らかさがオーラと
なってあふれ、そこに魅かれたということでは？
ちなみに、いくら、デザイン的に整っていても、
ひんやり冷たいオーラを発する美女もいますので。

おおぜいのひとの中《なか》で
ピカリと光《ひか》るひとって
いるみたいネ・・・
AURUM
HAPPY OBASAN
DIARY
たいせつにするワ
キャ おかまいなく
オーラはAURUM《オーラム》という、ラテン語《ご》がもとになってるらしいワ
ゴールド(金《きん》)といういみなんですって!! 光りかがやくことネ
AURUM

『いちご新聞 2009年7月号』より

紙やノートが好き

ＨＡＰＰＹおばさんは、ちょっといいこととか、気が付いたことをメモする。

メモするのが大好きで、メモ魔って言われています。

紙に鉛筆でメモすると、もうたのしさが倍増するんですよ。気持ちが落ちつくんですね。

すてきなひらめきなんかをメモすると、あとから見たときにすごくトクした気分になる。宝物みたいになります。紙と鉛筆、大好き。

ＨＡＰＰＹおばさんは、絵がうまいかどうかはわからないけれど、落書きが好きなんですね。メモ魔とか落書き名人なの。

人にほめられたいとか、うまいと言われたいとかじゃなくて、自分が自由に落書きする。それがすごくたのしい。

それを続けていると、絵はいつの間にかうまくなるのね。

Memo
Memo
アラサガシは
老ける
タカラサガシは
若返る

えんぴつ & 消しゴム
この名コンビが大好きなの!!
えんぴつは どんなことも OK スラスラ 書けるの!! 文だって絵だって 自由自在なの すごいわネ!!!
消しゴムは どんな失敗も ゴシゴシ パパパと 消してくれる すっごい たのもしい 味方なの!!
どんな失敗も おまかせください
消しゴム さまさま Love
わ〜 これが お元気の ひみつ なのネ
すっばらしい「文房具」さまが いつも わたしを はげまして くれるの!!
HAPPY おばさんが お・せわになって まことに!! まことに!!
ありがとう ございます!!

Bonjour!
みなさま!!
おげんき?
ふふ…わたしが
好きなものって
もちろん
いっぱい
あるけど
そんな中で
とにかく
いつもとくべつ
大好きなものは
「文房具」なのョ!!
HAPPY
HAPPY
HAPPY
ボクは
どんどん
すすみます
前へ前へ
えんぴつ
さま
さま
Love
HAPPY

食べ物はちょっとずつ

時代を超えて、今だって一番大事なことだと思うんですけど、好き嫌いなくいろんなものを、感謝しながら、ちょっとずつ食べる。

やっぱり食べすぎはよくないみたい。

よく噛んで感謝して食べれば、からだにもいいと思います。

それと、海のものと山のものをバランスよく。

偏食はよくないみたい。好きなものだけ食べるというのはね。なんでも美味しいですよ。

たとえば、オレンジの皮だってデザートに使えるの。

オレンジの皮って大好き。捨てないでマーマレードにしたり、中をくり抜いてデザートの器にしたり。とてもいい香りがします。

そういうお食事をしていると、自然とダイエットにもなるっていうわけ。

『いちご新聞 2009年9月号』より

これがいわゆる食欲《しょくよく》の秋《あき》ってこと？
アップルちゃんのミラクル日記
by SETSUKO TAMURA
いっただきまーす
ONAKA SUITA
グー
グー
YOU
YOU
あのネ。。。
お庭《にわ》の酸素《さんそ》や
たのしいおしゃべりや
ことりの歌《うた》をパクパクまぜて
味《あじ》わうのヨ
これがミラクルな
栄養《えいよう》になるの…!!
さわやかな風《かぜ》が吹《ふ》いて
きました。すると、おなかが
グーグーなるのです。
なんてふしぎな季節《きせつ》でしょう!!

料理にはいろいろ混ぜて

とにかくＨＡＰＰＹおばさんは、小鳥の歌とか、花の香りとか、星の光とか、虹のきらめきとか、いろんなものを料理に混ぜちゃうの。

食べすぎないようにちょぴっと混ぜて。

本を読んだり絵を描いたりで、ものすごく忙しいから、その合間にふしぎなお料理をちょぴっと。

ドリンクがまたふしぎなスープとかワインのようなもの。

ＨＡＰＰＹおばさんって、魔法を使っているという噂もあるけれど、工夫を極めれば魔法のはじまりはじまり。おおいにたのしんでね。

『いちご新聞 2013年10月号』より

ボンジュール みなさま!!
秋だけなの
ふつうはしみじみと
人生をふりかえったり
しずか〜に心をおちつける
そういう季節なのヨ!!
しかーし!!
わたしの秋は
ヒジョ〜に
忙しいの ふふふ
芸術の秋!
展らん会や音楽会に
行って、一流の人々の
才能にシビレるのが大好き。
食欲の秋!
まあ、ほんとに、なにを食べても
おいしい秋!! ふふ
わたしは、なんとなく
森の中にいるような食べものが
好きなの。それをちょこっと
ひと口づつ食べるので
ふとったことがないのヨ。
にがいコーヒー
アイスクリーム
一年中好き
princess stories
お手紙の秋!
ケータイのメールじゃなく
わざわざインクをつけて
ペンでお手紙をかくって
すってきな気分ヨ。受けとった人も
うれしいかしら?
ふふ
おしゃれの秋!
どんなに忙しいときも
カガミをみることを忘れないように。
(じつは忘れちゃうけどっ)
そして、ニッコリSmileを!!
とカガミが言うのヨ ふふ
読書の秋!
本の中には、すばらしい人々が
住んでいらっしゃるの。そして
ページの中から、パッと、あらわれ
楽しいとき、悲しいときのわたしを
見つけてくれるの。

HAPPYおばさんの飲み物レシピ

薬草のパワーが大好きだから、ありとあらゆる薬草のレシピを持っていて、薬効を暗記してるの。

すてきな緑色のワインを飲んだり、花びらからつくったふしぎなお酒を飲んだりしてるわよ。

これを飲むと目の疲れが取れるとか、これを飲むと鼻がスースーして具合がよくなるとか、耳が遠くの音まで聞こえるようになるとか、いろんな効き目を考えて実験してるわけ。

うまくいくときもあるし、うまくいかないときもある。うまくいったら、喜んでそれをどんどん発展させる。

だから、猫とか、トカゲとか、犬とかとでも話ができるわけ。蝶々やセミとか、不気味な虫とかとも世間話をしている。

ふしぎなドリンクと食べ物でふしぎな能力を磨いているらしいの。

みなさん、自己流で発明すると面白いわよ。

ミョウガとか、ショウガとか。香りのいい小さな葉っぱなどを調合して、ふしぎなオリジナルドリンクができるの。

健康とかからだっていうのは十人十色、みんな違うんですよ。

お薬というのはふしぎなもので、あの人には効くけどこの人には効かないといったことがあるんですよ。

だから一人一人が自分に合ったドリンクをつくって、いろいろなものを試してみるのはおススメよ。

ちょっと
いい気になりすぎました
反省しています…
イーだ!! 大きらい
あ〜
しっぱい
しちゃった
ショック!!
ございます…
ア・ア・アーメン

神さま
ありがとうございます!!
生きているこの
しゅんかん しゅんかんに
あなたの愛を感じて
います…
どんな
できごとの中にも、あなたが
キラキラかがやく
小さなたからものをソッと、
しのばせて下さることに気づきました。
ありがとうございます×100=

こうして、
うれしい時、
悲しい時
つらい時に
感謝のおいのりをすると
心があたたかく
ニッコリすることをみなさまにも
お約束しますヨ!!

ほんとヨ

『いちご新聞 2013年12月号』より

♡ボンジュール みなさま!!
Merry Christmas☆

とても暑い夏がすぎ
変化がいっぱいの秋がすぎ
しずかなおいのりの季節に成りました。
♡ああ どこかにきっと
いらっしゃる神さまに……♡をこめて

すがたはみえないけれど
きっと、どこからか
わたしたちを見守って下さっている
♡神さまって、どんなお顔なの?
どこに住んでいらっしゃるの?
天に? お花に? 青い小鳥の胸に?

HAPPY
Smile
Believe
♡よくばったねがいごとじゃなく おれいをいうのがおいのりよ……
そっかー!

どんなことでもしあわせ

しあわせって、そういうサンプルがあるわけじゃなくて、一人一人が自分流につくり出すものだと思う。

常にモデルがある、といったものじゃないんですよね。

お金があって何と何があってしあわせ、っていうふうにパターンで決めないで、なんでも喜んで受け止めれば、どんなことでもしあわせの元になると思います。

そのへんのことも、いろいろとＨＡＰＰＹおばさんが、ちょっとした例をあげてると思います。

それがヒントになって、もっともっと10倍ぐらいたのしんで頂けたら、すっごくうれしいです。ストーリーとしてつながらなくても点々でとらえると、小さなハッピーの水玉がキラキラ!!

「だから水玉もようが好きなのかしら?」

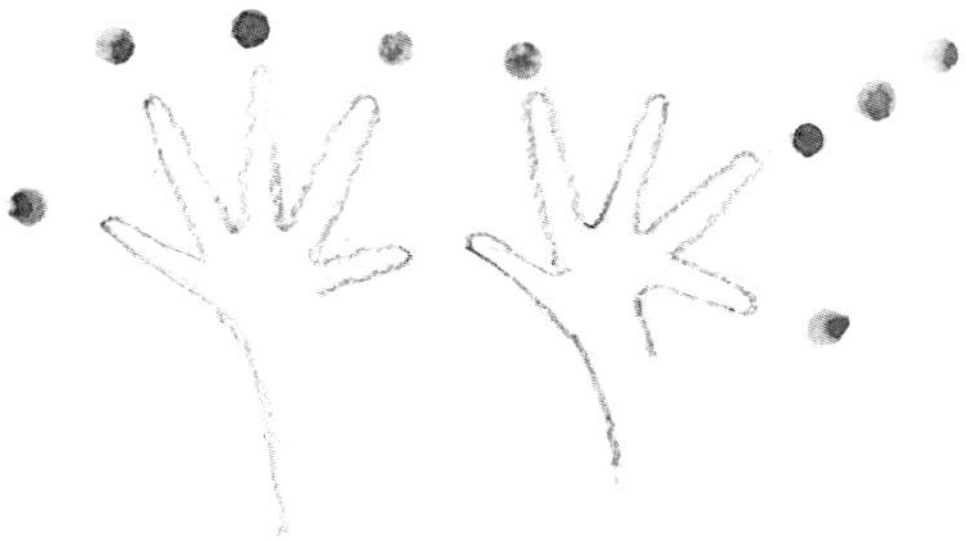

ANNE
OF
GREEN
GABLES

Part 3
しあわせ

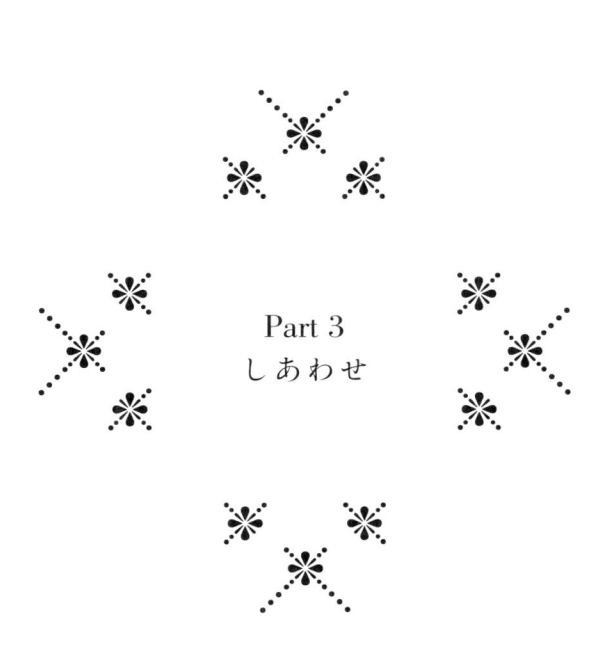

ＨＡＰＰＹおばさんのおススメの名作

ＨＡＰＰＹおばさんはいろんな物語を紹介しています。

わたしにも、おススメの名作がたくさんあります。

たとえば、『あしながおじさん』『赤毛のアン』『少女ポリアンナ』『小公女セーラ』『愛の妖精』とか。

あとは、『若草物語』『アルプスの少女ハイジ』も印象的です。もちろん『長くつ下のピッピ』も。

大人になったら、スカーレット・オハラが主人公の『風と共に去りぬ』とか。

そして『星の王子さま』は永遠の名作。
さらに『不思議の国のアリス』もね。
時代などは知らないけれど、わたしの中では、星の王子さまとアリスは、
コンビって言うかベストフレンド。イラストによく描きます。

わたしの目には
キラキラの
ティアラが…
はっきり
みえる
のヨ!!

HAPPY
OBASAN

♡ でも、おとぎ話はハッピーエンドでも、
お2人の物語は、これから長くつづきます。
楽しいことばかりじゃなく、いろいろなことが
待ちうけているかもしれません。
でも、若々しく知的なお2人は
力をあわせて、のりこえていくことでしょう。
そこがすてき!! その時に、また
大きな拍手をおくりましょう!!!

Princess

Prince &
Princess

♡ イギリスのウイリアム王子と、
キャサリンさんの結婚式が
世界中に、紹介されて、
パチパチ祝福の拍手が
わき上りました。
「めでたし、めでたし♡♡♡」
まるで おとぎ話のような お2人の
ハッピーエンド!!

♡女の子って小さい時から、
お姫さまがだ〜い好き!!
ふんわりドレスやキラキラティアラ☆
すてきな王子さまが白い馬に乗って
あらわれてプロポーズ♥
そしてお城でいつまでも
しあわせに暮らしました。
キャ〜すてき♥

♡本や映画の中には、白雪姫、シンデレラ、
かぐや姫、人魚姫、おやゆび姫、
ジュリエット、アン王女、
などなど、いっぱい、いっぱい
お姫さまが登場します。
あなたのお気に入りは
どのお姫さま？

♡どのお姫さまも、
特徴に共通点があるような……
私の研究によると、ただぼんやり
王子さまを待っているだけじゃなく、
たとえ悲しいめにあっても、
いじわるされても、

♥誇り高い
♥やさしい
♥人を疑わない
♥心が広い
♥いばらない
♥くもりのない目でものを見る
♥めげない
♥あきらめない
♥夢見る心を失わない

こういう性格をかくし持っているのです!!
これってもしかして、あなたのこと!??
そう、実は本当のお姫さまは本や映画の中に
いるのじゃなくて、ジャーン!!
あなたの心の中にいるのです!!
あなたこそお姫さまなのです♥

ハッピーおばさんの目には、
みんなの頭の上に
ティアラがはっきり見えてるよ。
あなたこそが本物の
お姫さまってこと、
忘れないでね♪

「アイム・ベリー・ハッピー！」

毎日をハッピーに過ごすにはどうしたらいいか。

それは、毎日がハッピーだと決めちゃう自分でいることかな。ふらふら迷うと疑問がわいてくるから。

アンハッピーか？　ハッピーか？　わたしってどっちなんだろうって思うんだけど、暗い気分のときでも「わたしはハッピー！」って、魔法の言葉を自分で言うのね。「アイム、ベリー、ハッピー！」って。

これ、どんな〝地獄〟のような世界にいても、自分がハッピーに変わる魔法の言葉なの。

だってねえ、ひとつの物事を見たときに、いいことと悪いことって、誰にも決められないじゃない？

だいたい両面がありますよね。

だから、「まあ、これがハッピーだわ」と先に決めちゃうと、ハッピーに変わるというふしぎなものだと思うんです。

「悲しみ」もたのしめる。

「苦しみ」もたのしめる……。そんな人になれたらすてき!!

きっと……いつの日かそんな「おとな」になれるかもね。

いろいろな国に
いろいろな人々がくらしています。
みんなみんな
どうかしあわせでありますように…
安心して、ぐっすり
眠れますように
ふふ…
そうそう
おともだちにも
いろへんな
タイプが…
そう、ひとりひとりに
すてきな個性が…
かくれていますネ
そこを新発見すると
さいこうに
HAPPY!!
ニコニコ
すきとか
キライとか
言ってるばあいでは
ありませんヨ
わたしたちって
みーんな
個性的
ふふ…
だから
楽しいのネ
HAPPY

Bonjourみなさま!
♡ キラキラ×100
太陽
なんてうれしい
プレゼントなんでしょう…!!!!
お陽さまは
どこの誰にも
わけへだてなく
ニコニコニコニコ
ほほえみかけてくれます。
その、おおらかで
あたたかい心を
からだにいっぱい
うけとめて!!さあ、
元気に、あたらしく
やさしい あなたの
夏ですョ
ニコニコ
ニコニコ
個性がくっきり

どんなことも「ハッピーにチェンジ！」

「ハッピー」っていう言葉には破裂音があるから、元気になれる言葉だと思います。

「かわいい」っていう言葉は、笑った口で「かわいい」って言ったりしますよね。「いーっ」っていうのはね、つぶやくだけで元気をもらえるような効果もあると思う。

HAPPYおばさんは、いわゆるいいことばかりでハッピーではなくて、身に降りかかる困ったこともハッピーにチェンジできるのよ。

自分の心の持ちようで、「悲しいことも、よく考えてみればハッピーだわ」

と思えるの。そういうふうにアレンジできるふしぎな心で、いくらでもハッピーにつくりかえることができるという人なの。

だから、アンハッピーとか不幸とか、とんでもない苦しみにあっても、それをどう受け止めるかによって変わってくるのね。

「あー、それなりにハッピーだわ」って、そういうふうに考えれば大丈夫よ。必ず起き上がれる。

HAPPYおばさんは、そういうことについてのキーパーソンだと思う。

『いちご新聞 2010年1月号』より

そしてこの大切なお話をするために、
はじめて、おじさまに会うことになったのです。
ドキドキ……♡

さて。はたして、
あしながおじさんの正体とは???

（出典「Daddy-Long-Legs」洋販出版 1985年）

作者ジーン・ウェブスター（1876～1916）のこと。

父は出版社社長、母はマークトウェインの姪という、文学的雰囲気の中で育ったジーン。大学生のとき、経済学の勉強のため、感化院や孤児院を見学し、施設の子供たちに深い同情を抱きました。いくつかの小説を書きましたが、36才の時に書いた、この"あしながおじさん"が大評判になりました。
読者の心を、あたたかい幸福感と、楽しいユーモアでいっぱいにしてくれる、すてきな物語!!
メールもべんりだけど… 手書きのお手紙には どくとくの ときめきがありますよネ～♡

※感化院とは、
現在の児童自立応援施設のことです。

Jean Webster

♡ お手紙ってミラクル!!

<あしながおじさん>より。ジュディの巻

ジルーシャ・アボットが
ジョン・グリア孤児院の年長さんだった時、
おちびさんたちの世話やら、雑用に追われ大忙しでした。
とくに、第1水曜日は評議員たちが視察にやってくるので、
朝5時からてんてこまい。ふぅ。
ある時、そんな生活を書いたジルーシャの作文
“ゆううつな水曜日”を気に入り、
ジルーシャを大学に入れて下さるという紳士あらわる!!

そのためには、
“月1回、学生生活を手紙に書いて私まで送ること。
返事は書きません。あて名はジョン・スミス。”

「わぁ〜☆ その紳士は一体どんな人なの？
そういえば、その方がお帰りになる時、
車のライトに照らし出された
足のながーいシルエットを見たわ♪」

ジルーシャは、お手紙のあて名を
“あしながおじさん”に決めました。
さし出し人は“ジュディ”より。
身よりのないジュディは、あしながおじさんに向けて、
学生生活のこと、その他もろもろのことを
いっぱいいっぱいお手紙に書きました。
正直で素直でお茶目なジュディは、
ラブリーなイラスト入りで、お返事をくれないおじさまに、
話しかけるように、次から次へとおしゃべりを書きます。
そんなジュディに、すてきな恋人があらわれました。

お紅茶をいれて、わたしもこれから
お手紙を書くところです

「決心」すれば なんでもたのしめる

赤毛のアンは、「わたしってどんなときでも、たのしもうと固く決心すれば、なんでもたのしめる性格なんです」って言ってるの。

アンって、本当にハッピーな言葉の塊みたいな人じゃない？

だけどその中で一番HAPPYおばさんが気に入ってるのは、どんなことでもたのしめる性格だって自分で決めちゃってるとこなのよ。そういうふうに決めちゃったら無敵なのね。

たとえば病気なんかは、ほんのちょっとのちっちゃな病気でも、くよくよ気にすると、病気のほうが元気になってしまう。

病気になったら、たのしむのも難しいけど、「こんなに熱が出て、どうしてかしら?生きてるってこういうことなのねー」みたいに、温かく受け止めると病気の治りが早くなるらしいわ。

くよくよして、なんだかマイナーな受け止め方をすると、どんどん病気が悪くなっちゃうって聞いたことがあるの。

病気はほんとに難しいけど、「まだ生きてるんだからうれしいわ」みたいな気持ちでいたらどうかしら。

病気以外にもいいことがいっぱいあるって思うと、それがお薬になる。

そういうふうな考え方って大事だし、面白いなあって思う。

♡ ルーシイ・モード・モンゴメリさんのこと。

1874年11月30日 カナダのプリンスエドワード島生まれ。 → 世界一美しいところ by アン☆

31才の時 パーティドレスのリボンをつけかえようと、屋根裏部屋のトランクをあけました。そこに入っていたのは"赤毛のアン"の原稿。書き終えてから3年も入れっぱなしになっていたのです。3つの出版社から断られて、あきらめていたのです。ルーシイはページをめくり、すっかり魅了されて、読みふけり、泣いたり笑ったり 「もういちど頼んでみよう」4つめの出版社はOK そして、"赤毛のアン"は世界中の人気者になりました 女の子のみならず文豪や宣教師、兵士などさまざまな人々からファンレターがとどきました。日本でも、男子ファンがいっぱいいるそうです(笑)

<赤毛のアン>よりアン・シャーリーの巻

♡生きてるって…しみじみうれしいわ! ぞくぞくっとしない?

グリーン・ゲイブルス（緑の屋根の家）に
住む兄妹、マシュウとマリラは年をとってきたので、
畑仕事を手伝ってくれる
働き者の男の子を孤児院に頼みました。
ところが、マシュウが駅に迎えに行くと
そこで待っていたのは、赤毛のやせた女の子!
どこかで手ちがいがあったようです。
そんなこととは知らず、女の子はうれしさで胸がいっぱい。
やっと、あこがれの家庭、あたたかい家族ができるのです!!
「なんてうれしいんでしょう!!!
夢をみているんじゃないかしら?」

どんなに淋しい時でも、鏡の中に
想像上のお友達を作ってお話したり、
いろいろな想像力を使って自分を励ましてきたアン。
美しい景色に名前をつけるのも大好き。
“雪の女王”、“恋人の路”、“すみれの谷”☆彼女の目を通すと、
どんな場所でも輝かすことができるのです。
「あぁ、おじさま。ここはなんて美しいところでしょう!」
女性がニガテなマシュウおじさんも、
家に向かう馬車の中でアンの話を聞いているうちに、
いつしかアンを気に入ってしまいました。
何でも想像力でおぎなうことができる、明るいアンの魅力☆
でもマシュウおじさんは、この子を連れて帰ったら、
働き者の男の子を待っているきびしいマリラが
どう反応するか心配でたまりません。
そろそろ家が近づいてきました…。
この続きは、ぜひ本で読んでネ!!

女の人はみんな才能が豊か！

女の人はみんなすごく才能が豊かなの。ただそれに気づいていない人がいるみたい。

みんなそれぞれ、豊かな経験と情報も持っている。

それを思い出せば、たいていの苦境は乗り越えられるんじゃないかな。

困ったときは人に頼らないで、自分で自分を助けることができる。

ＨＡＰＰＹおばさんを見ていたら、つくづくそう思うの。ＨＡＰＰＹおばさんはひとつのサンプルなのよ。

読者のみなさんは、みんな「ＨＡＰＰＹお嬢さん」の素質があるから、それに気づいてほしいっていうこと。

「あ、そうなんだ！わたしも見つけられるんだ」って思ってほしい。

暮らし方でもなんでも、ＨＡＰＰＹおばさんはいろんな例を示すけれど、

「じつはみなさん、もうとっくにご存知でしょうけれど」という感じなの。

上から目線で教えるんじゃなくて、みなさんと同じ目線で、同じ地平に立っているということね。

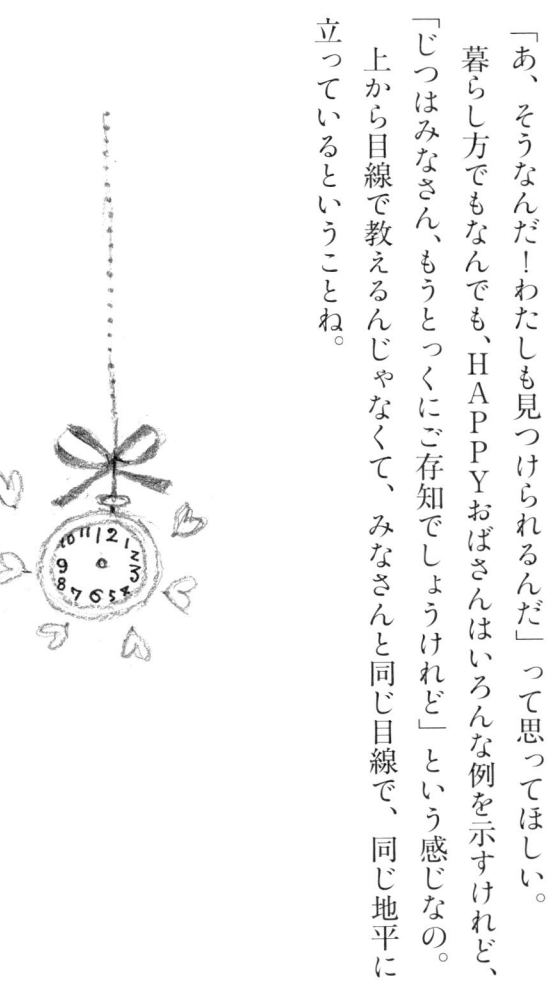

『いちご新聞 2009年11月号』より

Fadette

弟をかばって
どこへ行くのもいっしょです。
「あたしは毛虫だってきらいじゃないわ。
神さまがお造りになったのだもの。いやな
格好のものをいじめたら、わたしだって
同じだもの、悲しくなるわ。」
おばあさんから教わった薬草の知識。
病人にやさしく手を触れて
治す方法。勇気があり、働き者。
人の世の悲しみを
知っている少女なのです。
村にはシルヴィネとランドリー
という双子がいました。
内気な兄シルヴィネと、
陽気な弟ランドリー。
村には2人にふさわしい
美しい娘がいます。
けれど2人はなぜか、
ふしぎなファデットに
魅かれてしまうのです。
コンプレックスの
かたまりだったファデットも
2人の愛に気づき、自分の心に
めばえたひとつの恋を胸に
みるみる草花の香りただよう
美しい女性に、成長するのです。

サンドは当時、男もののフロックコートを着て、
帽子にステッキ、ブーツ姿でパリの社交界にあらわれたり、
若き芸術家たち、詩人や音楽家といっぱい恋をして、
話題をふりまきました。そして小説をいっぱい書きました。
わたしは以前旅行でスペイン、マジョルカ島に行き、
サンドが　ショパンとくらした僧院を訪ねたことがあります。
病気がちのショパンのおせわをしながら小説を書きつづけた机や、ショパンがひいた
ピアノをみて、胸がいっぱいに　働き者のファデットは作者がモデルといわれています。

La Peti

〈愛の妖精〉より。ファデットの巻

ファデットは村はずれの小屋で、
おばあさんと弟と暮らしています。
色黒のやせっぽち。
村びとからは“こおろぎ”という
あだ名をつけられています。
足の不自由な弟も
“ばった”と
呼ばれて
います。

♡恋のはじまりは
キレイのはじまり?

作者ジョルジュ サンド
(1804～1876)のこと。

〈愛の妖精〉は、フランスの女流作家
George Sandが書いた小説だよ♪

自分をペットのように可愛がる

お母さんのお腹から生まれて、ヘソの緒が切れたときから孤独がはじまる。

お母さんのお腹にいたときはぬくぬくと安心してたのに、ちょんとヘソの緒を切られて世の中にハダカんぼでだされたとき孤独がはじまったわけ。

だから一人でいるから孤独だとか、そういうんじゃなくて、大勢でいても孤独を感じるときがある。

でも、それは当たり前、生きている証拠。

生きてる限り自然なこと。だって、ヘソの緒を切られちゃったんですもの。

しあわせなおばあちゃんで、かわいい孫がいても、ぞっとするような孤独を感じたりするんですって。

孫が無邪気に「おばあちゃん、おばあちゃん」って言うから、うれしいと思っていたら、「お年玉、早くっ」なんて、まったく正直な子。

それを知って、がっくりきて、ドドーンと落ちこむといった話はよく聞くわ。

でも、そんなことで驚いちゃいけない。当たり前のことよ。

「スタンド・アローン」、早く独り立ちしなければね。

どんなしあわせな状況にいても、ちゃんと一人で自分の面倒を見られる。大人になっても、自分のことをペットみたいに可愛がって、育ててあげてね。

ココは恋もしました。
身分がちがうため恋人とは
結婚できませんでしたが、それぞれの
“出逢いと別れ”の中から、
すてきな愛を受けとめました。
そして、彼らの紳士服から、
いっぱいデザインのヒントを
手に入れました。

イェイ!!

針と糸とハサミで、
きゅうくつな女性の心をも
解放したのです。

針と糸とハサミがあれば♪
SETSUKO TAMURA

仕事熱心なココは
ファッションショーの楽屋でも、
納得するまでドレスの手直しをしました。

『いちご新聞 2009年12月号』より

COCO CHANEL

〈カリスマデザイナー ココ・シャネルさん〉の巻

世界的ファッションデザイナー
ココ・シャネルは、
なんと孤児院育ち。
母亡きあと、父は姉妹を孤児院
にあずけてしまいました。

その頃に裁縫の技術をおぼえたココ。
当時は身分の差別も強く、ココは姉と
お針子などいろいろな仕事を
しました。人々をながめていると、
ココは、おしゃれのアイデアが
つぎつぎとひらめきます。
そして婦人帽をいろいろ作りました。
ゴテゴテのかざりをとり、
さっぱりとシンプルな帽子です。
婦人服も動きやすく、かろやかにチェンジ!!

古い考えをハサミでシャキシャキと
切りひらきました。

COCO

今でも世界の女性を魅了してやまないココ・シャネルは、1883年フランス生れ。


本も、映画もまたまた公開されています。

シンプル好き、自由が好き、仕事が好きなココは、はたらく現代女性の憧れの的!!

ココは有名になっても、人まかせにせず針と糸とハサミを手ばなしませんでした。

手作りが大好きだった少女時代から、それは変わりませんでした。（それが成功のひみつ）

シャネルスーツを買ったご婦人が
「この着心地は夢のよう…からだをふんわり包まれてる感じ。

ゆったりしてるのに、ほっそり見えるの。立体裁断のふしぎ。

高価でも後悔しないワ。だって、大切に長〜い間着るんですもの」

と語っておられました。

COCO・CHANEL

ＨＡＰＰＹおばさんに恋人は？

ＨＡＰＰＹおばさんには、古今東西にたくさん恋人がいます。本棚の中にもいっぱいいる。映画とか、いろんな世界から、もうラブコールが大変なのよ。忙しくて名前も覚えられないくらい。

ＨＡＰＰＹおばさんは、自分の趣味がいいからだと思っているみたい。まあ、昔の人で、もう亡くなっちゃった人もいるかもしれないけれど、全然関係ないのね。今いるのと同じなのよ。

「離れていても、つながっている」って、こういうこと。

『星の王子さま』の作者のサン＝テグジュペリさんのことも「古い恋人なの」と言っているわ。

〈星の王子さま〉の王子さま♡

♡たいせつなものは目にみえないんだよ…

「南方郵便機」とか「夜間飛行」とか
「人間の土地」などの作品があります。
"夜間飛行"という香水もできました。
ふだんから、手紙を書いたり、その中に
絵をかくことが好きだった彼は、
"星の王子さま"の文中にも、ラブリーなイラスト
をいっぱいかきました。
プロの画家にはぜったいかけない
チャーミングなイラストが世界中の
愛読者に大人気!!!

☆星の王子さまミュージアムが…
箱根にありますヨ(TEL.0460-86-3700)

“子供だったことを忘れていないおとな”のために……
と書かれた物語です。
「この絵をみてこわくない?」と聞くと
「帽子なんて、こわくないさ」っておとなは答えます。
「ほんとはゾウをのみこんだ
ヘビの絵だから、こわいはずなのにネ」
おもしろい出だしでしょう?
さて、ある飛行機がサハラ砂漠でパンクして、
主人公のパイロットは、
ひとりぼっちで砂漠で眠りました。
あくる朝「そこで何してるの?」って、
とってもかわいい声がして、
小さな男のコが立っていました。
それが星の王子さま!!
どうやら王子さまは他の星から
地球に降りてきたらしいのです。
「ぼくね、日が沈むとこを眺めるのが
大好きなんだ……だって悲しい時って、
夕日が好きになるものでしょ」
王子さまには
悲しい思い出もあるみたい。
こうして王子さまは
いろんな人と出会っていきます。

この物語には、
いろいろな人物や動物が出てきます。
王さまや、うぬぼれ男やよっぱらいや実業家や
点燈夫だの地理学者、バラの花やキツネやへび
……そして王子さまは地球に降りて1年目に、
この砂漠の、この場所から、
自分の星に帰ってしまいました。

作者のサンテグジュペリのこと
(Antoine de Saint-Exupéry)

1900年6月29日フランス生まれ。
1944年7月31日に地中海上空から
行方不明になりました☆

飛行機大好き少年だった彼は
航空大尉になりました。
パイロットの彼はいつも高い上空から
地球をながめ、すきとおった美しさと
するどい人間かんさつをあわせもった
すばらしい物語を書きました。

『いちご新聞 2010年12月号』より

みんな仲良し

ＨＡＰＰＹおばさんって、まわりの人と、同じようにつきあってるみたい。

知っている人も知らない人も、同じような態度で接している。まったく差別感がない。

犬でも猫でも人間でも、道を歩いている知らない人でも、よその赤ちゃんでも、接し方がだいたい同じ。

相手によって変えるってことはないわね。それがふしぎ。

スズメやらハトやらカラスやらネズミやトカゲと、平気で挨拶してるわよ。ご本人は何も努力しないでそうやってるみたい。

公園で寝泊まりしてるおじさんとかいるじゃない？

ああいうダンボールの中で寝てる人とかとも、普通に世間話をしてる。

うーん、びっくり。

「最近ちょっと寒くなりましたねー」

「やあ、まいったね」

とか、まるで仲間のように話してる。みんなと仲良しみたい。

5才の時に両親を亡くしたハイジは、
デーテおばさんにつれられて
父方のおじいさんにあずけられました。
アルプスの山小屋に暮らすおじいさんは、
人づきあいが苦手ながんこ者。
そこに現れた、明るく
元気いっぱいのハイジ☆
「おじいさんが作ったチーズおいしいわ、ありがとう♥」
「おじいさんが作った椅子、大好き！ ありがとう♥」
おじいさんに愛され、羊飼いの少年・ペーターともなかよしに♪
ハイジは大自然の中で、すくすくと素直に育ちます。

そして、8才になると、学校に行くため、山をおりて
ゼーゼマンさんのお屋敷で暮らすことになりました。
お屋敷に住む、足の不自由なクララお嬢さんともなかよしになります。

やがて山に戻ったハイジ。

そこへ、クララお嬢さんが遊びに来ます。

クララに山の空気を胸いっぱいに吸ってもらいました。

ハイジの住む山に感激し、すっかり健康を取り戻したクララ。

「ありがとうハイジ!!」

「クララ、また山に来てネ！」

♡ 1827年生れのスイス人・ヨハンナスピリが作った物語として有名です。
ところが…

じつはドイツの詩人が
作った物語かも？
といううわさが
最近流れていま〜す

♡ 小さい時、両親を亡くした少女ハイジは
まわりの大人たちに助けられ、悲しい身の上に
負けないで、明るく、素直に、今、目のまえにある
恵みをよろこぶ性格!! それがまわりの人々の
心をやわらかくほぐしていくのです
アルプスの山の空気、さわやかな風、ことりの
ささやき、花たちのほほえみ、どうぶつたちの
いのち、それらがハイジの心をいつも新しく新しく
前向きに前向きにはげましてくれるのです♪♫
♡ 自然の中で手をひろげて深呼吸を
するとハイジのパワーが胸に入ってきますヨ!!

『いちご新聞 2010年7月号』より

〈アルプスの少女〉より ハイジの巻 HEIDI

わたしをとりまくすべてのものに
ありがとう♪♪♪

認知症もワンダーランド

今、認知症が問題になっているけれど、HAPPYおばさん的には困ったことだとは思っていない。

認知症って自然なことで、なんだかわからなくなっちゃったのは、当たり前のことなのよね。

不思議の国のアリスみたいに、今まで経験したことのないワンダーランドに入っていくわけだから、それを悲しがったりするのは「なぜ?」と思うわ。

でも周りの人は、「あんなにしっかりした人が、わたしの名前もわからなくなった」とか言って、眉をひそめたり、深刻な顔をする。「お母さん、どうしたの？」なんて。

わかんなくなっちゃったことは、本人が一番気にしてるんですもの。それなのに、周りの人が悲しそうな顔をしたら、ダブルパンチになって、かえって病気に悪い。

責めるような顔で「しっかりして！」なんて言うんじゃなくて、「違うワールドに入ったのね」ってニコニコして、いつも通りにやさしく接する。そしてほめる。ほめてほめてほめ尽くす。

「あら、これって何々だわ」と言ったら、「お母さん、さすがねー」と言ってほめる。するとお母さんは、なんだかホッとして血流がよくなるんですよ、点滴なんか打つよりもよほど効くんです。お薬になるんですよ。

お母さんは子どもにほめられるチャンスがあまりないんですものね。

わらいねこ
Wonder
Wonder
Wonder
ALICE
せっかち白うさぎ
ぼうし屋
人生の森で
どんなことが
あっても
アリスのように
明るく受けとめましょう!!

作者・ルイス・キャロル(LEWIS CAROLL)のこと。

1832年イギリス生まれ。本名はチャールズ。オックスフォード大学の数学の教授でした。まじめな研究者タイプのルイスは、大のはにかみ屋さん。大人のつきあいはちょっとニガテ。そのかわり、子供と話すのは好き。友人の娘さんとはなかよしで自分のつくったお話をしてあげたり、写真をとってあげました。その中に、アリスのモデルの少女がいました。ボートにのってピクニックに出かけ木かげでお話をすると、忘れないように、書いてほしいと言われ、文と絵にしたのが「地下の国のアリス」です。これに手を加えて「不思議の国のアリス」となりました。

『いちご新聞 2010年6月号』より

〈不思議の国のアリス〉より
アリスの巻
びっくりがいっぱい!!

アリスはお姉さんと木陰でうとうと……
そこへ、時計を持った白うさぎが走り過ぎていったの。
「待って!!どこに行くの?」
すぐに追っかけたアリス。
すると、地面にあいた穴にキャーッって、
おっこちてしまいました。穴の中には森だの
お部屋などがあって、
普段ではとても出会えないような、
ふしぎな出来事がいーっぱい!
アリスのからだも大きくなったり
小さくなったりびっくりぎょーてん!!
森のお茶会に行ったり、トランプの国の
わがまま女王さまをこらしめたり……
あとからあとからいろいろなことが起こります。
……果たしてアリスの運命は!???
びっくりすることに次々と出会っても、
メゲないで元気なアリス。かわいいのに、
イザという時、勇気があるところが大人気のひみつネ♪

← ルイスは少女たちの写真をたくさんとりました。
↑ たいせつなカメラの手入れをするルイス・キャロル

HAPPYおばさんは決めつけない

HAPPYおばさんって、毎日の暮らしの中で何も気をつけてないかもね。

あまり堅苦しく考えないのよ。何々するべきとか決めつけない。やわらかく受け止めるようにして、怒ったりうらやましがったりすることはない。

たいていの人はネズミを見ると嫌がるけど、ディズニーはそれをキャラクターにしちゃったんですもの。だから面白いわね。発想を変えると世間も変わって見えるのね。

ふふ
HAPPYな
メッセージが
いっぱい!!
HAPPY

Smile
楽しいから笑うんじゃなく
笑うから楽しくなるのかも

くるくる巻き毛にふっくらほっぺ、
ニッコリえくぼのテンプルちゃんは、
3才から映画スターになり、世界的人気者になりました☆
1930年代、アメリカでは大不況の嵐が吹き荒れ、
人々は暗い気持ちでした。ところが映画のスクリーンに、
かわいい少女・シャーリー・テンプルちゃんが登場して

ニッコリ笑うと、その笑顔が人々の心に
明るい灯をともしたのです。
テンプルちゃんはそんな自分の役割をしっかりと
とらえ、プロとしてけなげにがんばり続けました。
「遊びじゃないんだよ。これはビジネスなんだよ」
という、きびしいプロデューサーのことばにも、
”OK”とニッコリ♥

かわいい笑顔がまわりを明るくし、
笑顔をたくさんもたらしたのです。
今でも世界のアイドルの
お手本になっているそうですよ♪

OK
ママ
やってみる
いつもママが…
はげまし役

1928年カリフォルニア・サンタモニカ生まれ。
元気がよく、リズム感のあるテンプルちゃんにママは
ダンスを習わせました。ママは自分もプロになりたかった夢を
テンプルちゃんにかぶせたらしいのです。いわゆるステージママの
はじまりです。不景気でおとなたちは就職難のまっさい中。
子役がデビューしてお仕事をするのが大流行!!
そんな中テンプルちゃんは、ばつぐんに頭が良く、
勝気ながんばりやさん。映画の中でも、つらいくらしに笑顔で
がんばりぬく役で大人気。つぎつぎと大ヒットして大統領も
大ファンになりました。「人々を幸せにすることがわたしの仕事」と
決心して、「小さな外交官」として国際的にも活躍。のちに
各国大使もつとめています。2人のこどものママにもなりました♡♡

『いちご新聞 2010年9月号』より

〈ハリウッドの名子役〉シャーリー・テンプルちゃんの巻

笑顔がハッピーをつれてくるのヨ!!

Shirly Temple
日本でも、メンソレータムのデザインのモデルになっています
MENTHOLATUM
テンプルちゃんのこと
Shirley Temple
わたしはハッピーエンドが大すきなの!
まあ!! かわいいキャリアウーマンってわけネ
そっかー

HAPPYおばさんは物語が好き

世の中に名作って数えきれないくらいあるじゃない？

HAPPYおばさんは、登場人物はみんな知り合いだと思っているから、さみしいどころか忙しくて仕方がない。

本の中の登場人物が毎日微笑みかけるから、しあわせでしあわせで、おつきあいが大変なわけ。

昔の物語でも新しい物語でも、今ここに登場人物たちが現役で生きていると思ってるわけ。大昔の人でも、目の前に生きていると思うからしあわせなの。

『いちご新聞 2010年6月号』より

さあ 風をたべにいきましょう
HAPPY

いつもおとしよりを大切にネ!!
おとしよりは、わたしたちの
"宝"です。いっぱい
経験や体験をして
あたまや心に
ちえ
をいっぱい
いっぱい
もってらっしゃるの。
たくさんの人生の
勉強をしてきた
すてきな
センパイとして
よろしく
おねがい
いたします
もっと
もっと
お元気で
長生きをして
いろいろ
おしえて
下さいネ!!!
いろいろおしえて下さいネ
ゆかりたくい
タイプね
おとしより
だったのかな.
100才くらいかな.

『いちご新聞 2018年9月号』より

Bonjour
みなさま!!
おまかせ!! OKよ
くどいようだけど
おとしよりを
たいせつに
ネ
ハッピーおばさんて?

HAPPYおばさんは歩くことが好き

歩いたり自転車に乗ったりするのは、風と一緒に歩いたり走ったりしているって感じね。

インドに、「風を食べに行きましょう」っていう言葉があるらしいの。

これ、お散歩に行きましょうという意味らしいのよ。

わたしも、美味しい風を食べながら出かけるのが大好きよ。

HAPPYおばさんはお手紙が好き

手書きのお手紙ってサイコーにロマンチックだと思いません？
HAPPYおばさんはお手紙を書くのももらうのも好き。
ひとつひとつの言葉を丁寧に心を込めて読むの。

『いちご新聞 2017年11月号』より

Bonjour

♡ 秋になると…なぜか…
お手紙が書きたくなるのって
わたしだけ？
P.P.P と、メールは早くて べんりだけど〜

やっぱり!!
手書きの お手紙って
サイコーに
ロマンチック…♡

さらさら

♡ お手紙を
受けとるのは
とっても しあわせ…
でも、でも!! 書いてるひとは
もっともっと♡しあわせ!!

おお-!!
キレイなハッパ!!
お手紙に入れて
出しちゃお…
わー ステキ!! 誰に出すの？
たぶん、おそらく
じぶんでしょ！
LOVE
BY AIR M
par avion

お金がたまる魔法の財布？

銀行の人から聞いたんですけど、お金が居心地のいいようなお財布を持つことが、お金がたまるコツですって。

ギューギューに詰めた、ちっちゃなお財布からお金を出そうとしたとき、こぼれてしまって注意されたのよ。

すてきな「お部屋」だと思って、お財布を大切に選んで、ときどき中を逆さにして、ほこりを出したりきれいにしてあげる。

お金が喜ぶようなお部屋にしてあげるって言うのかしら。

ギューギュー詰めにしたりしないで、居心地がいいように。

そうすると、お小遣いが中で喜ぶらしい。

「わたしのお小遣いが長い旅をして、もしあなたのところへ行ったら、早く帰ってくるように伝えてね」

そんなことを、笑いながらみんなに言っているの。

いつでも帰ってきていいように、お財布を開けて待っています。ハハハ。

実際はわたし、お金を落っことしたりすることが多いんです。

HAPPYおばさんは知らないんですけどね。

ふふ…♪♪

今回はなななんと、
＜お絵かき＞のべんきょうをすることになりました。
まずはお顔から、さっそく。

(よこ) (ななめ) (正面) (ななめ) (よこ)

顔の角度を
いろいろ
研究してネ…

そして…
この人が
歩いたり走ったり
いろいろの
ポーズを
研究してネ…

まるで
メダマにエンピツが
ついてるような気持ちで

まわりを
かんさつするのヨ

だって
まわりには
いろんなモデルが
いっぱい!!

モデルで〜す!!
よろしくネ

ともだちや
知らない人々
も!!

絵をかくと…
ふふ…
うまくても
うまくなくても(?)
かく人をいつのまにか
元気にHAPPYに
してくれるの!!

それって
ふしぎだけど
本当です!!

ゆ〜
いっぱい、
いっぱい、
かきたーい!!

『いちご新聞 2018年3月号』より

HAPPYおばさんは電車が好き

ＨＡＰＰＹおばさんは電車が大好き。自動車とかは、あまり乗らないのよ。

電車はガラスのお部屋だと思っている。

暑い季節でも寒い季節でも、お部屋の中でじっとしているのはもったいないから、そのガラスのお部屋に入るわけなんです。

夏なら涼しいし、しかもそれが移動する。もうそれが大好きで。

窓から外を見ると、景色がどんどん移っていく。

そして、そのガラスのお部屋の中にいろんな人が乗ってるんですよ。

その人たちの顔を見ているだけで、一人一人の物語が浮かんでくるんですね。
この方はどんな方なんだろうって。
もうたのしくてたのしくて、電車は本当に大好き。
まさに夢の乗り物よ。

そう、いろいろ
考えてみると、
新しい心が、
新しいからだを
つくること。
良い考えが、
つよいからだを
つくることに
気づきました。

新しいメニュー研究!!
れいな
New
New
New
New
ぴかっ
ひらめき
大研究

新しいともだちが
できたらステキ。
けど、もとからの
ともだちの中に
新しい魅力を
発見できたら
それもステキ!!

新しい自分に
手紙を書いて
みました。
「今年は、ぜったい
こういう私になりたい」
とか。ふふ…ひみつの
手紙です。日記帳の
初ページに
はさんでおくのヨ。

学校の勉強は
もちろん!!
その他に
人生の研究も
いっぱい
しましょうネ　れいな

『いちご新聞 2017年1月号』より

Bonjour みなさま♪

♡「新しい」とか「New」って
文字をみただけで
なんかこう
胸がわくわく
どきどき
ときめきますネ!!

♡あ〜〜
あたまの中に
フレッシュな風が
吹いてくる
かんじ!!

♡あたまの中が
うれしくなって
わたし
老けてるヒマが
ありませんわ。

こうして HAPPYおばさんは誕生しました

少女時代とか思春期のころとかに、人に言えないいろんな悩みや迷いがありました。

そういうことが当たり前なのか、それとも、自分が特にそうなのか、よくわからなかった。

友達に相談するにも、やたらと相談できなくて、とてももどかしい。

そんなときに、家族でもなく友達でもなく、なんでもわかってくれる存在がいたらいいなと、漠然と思っていたんです。

誰にも言えないようなことを、なんでも聞いてくれて、相談に乗ってくれるようなやさしいおばさんがいたらなあ。

そう考えてつくった人物だったんです。

家族も、いるのか、いないのか不明。

HAPPYおばさんの正体はわからないんです。

でも、一方的に何を相談しても答えてくれそうな、悩みをハッピーに変えてくれそうな存在としてつくった人なの。


HAPPYおばさんというのは、そもそもは、わたしの理想や憧れから生まれたんです。

自分のそばに、こんなおばさんがいてくれたらいいな、という漠然としたイメージから誕生したの。

何か困ったときとか、自分の気持ちがコントロールできないようなときに、なんでも話を聞いてくれて、アドバイスをしてくれるようなおばさん。

そういうふしぎな存在のおばさんがいてくれたらいいなと、少女時代に思っていたんだけど、『いちご新聞』にページができるときに、そんなおばさんをキャラクターにして、読者の悩み相談に自由に答える存在として考えたんです。

わたし自身もHAPPYおばさんに相談したいし、『いちご新聞』の読者の女の子たちも同じ気持ちかなと思いました。

HAPPYおばさんには、いつまでもお元気でいてほしいと思っています。

『いちご新聞』で、いつもHAPPYおばさんは、女の子たちに「ハッピーでありますように」とささやきかけています。

ハッピーというのは、条件が揃ってハッピーになれるというわけじゃない。心がけ次第で、気の持ちようで、いくらでもハッピーになれる。

そういうことへのヒントになればいいなと考えているわけ。

HAPPYおばさんは、ちょっと変わった特別な人じゃない。

じつは誰でもHAPPYおばさんになれる素質があるんだけれど、自分で気づいていないだけ。そこに気づいてほしいと思っています。

HAPPYおばさんに何かを与えてもらおうっていうんじゃなくて、「みんなHAPPYおばさんよ」という感じ。

HAPPYおばさんはちょっと魔法使いみたいなんだけど、じつは女の人は、みんな魔法使いの素質があるの。

でも、自分で気づいていないだけ。

それをHAPPYおばさんは教えたいの。

そこに気づいてほしいと思っているのね。

『ＨＡＰＰＹおばさんのしあわせな暮らし方』刊行によせて

ＨＡＰＰＹおばさんが教えてくれたこと

サンリオ『いちご新聞』編集長　中鉢容子

ＨＡＰＰＹおばさんがいちご新聞に初めて登場し、連載がスタートしたのは、１９７５年のいちご新聞創刊号。

当時のいちご新聞は子供たちに向けた内容で、みんなの相談に乗ってアドバイスをくれるＨＡＰＰＹおばさんは、読者にとって身近な「おばさん」的存在でした。

40年以上にわたり毎号続いているこの連載は、より幅広い年齢層に愛され、今はいろいろな日常のハッピーをテーマに綴られています。

私がいちご新聞で田村セツコ先生の連載を担当し始めたのは、サンリオに入社して3年目の時。

初めての打ち合わせでカフェに登場した先生は、おちゃめでやさしくて、可愛くて、特別なキラキラのオーラがあって、まさにHAPPYおばさんそのもの！

セツコ先生といる空間と時間は、HAPPYおばさんのミラクルな魔法がかかったかのように、日常とは切り離された夢の世界でした。打ち合わせを終えて駅に向かいながら、まるでおとぎ話で主人公が夢から目を覚ます時のような、現実に戻されたけど頭の中はまだ陶酔している、という感覚だったのを覚えています。

今日までに数えきれないほど「HAPPYおばさん」の打ち合わせを重ねてきましたが、今も特別なHAPPYマジックワールドは変わらないまま☆ 毎回違った魔法がかかり、いろんなストーリーが待っています。そんな感動と魔法が、ファンの皆様にも届いてくれたらうれしいなって思います。

どんな時もＨＡＰＰＹを忘れないで欲しい。

そしてどんなことでもそれがいかに大切なことであり、学ぶことがあり、感謝しなければいけないもの・コト・人の存在を教えてくれるきっかけになる、ということを、ＨＡＰＰＹおばさんはそっと教えてくれているのです。

いつも可愛く、ハッピーに☆

Happy wonder land
HAPPY

〈おわりに〉

「こんな本がほしかったです!!田村セツコ(笑)」
わたしのあこがれ、ニコニコ元気でやさしいおもしろい
"HAPPYおばさん"を本にしていただき
まことにありがとうございます。

本にしようと思いついて下さった
興陽館・本田道生さま。ありがとうございます。
「いちご新聞」代々の編集部の高梨さま明角さま。
現編集長・中鉢容子さま。いつも、はげましていただき
ありがとうございます。
そして、やさしく見守って下さる♡いちごの王さまありがとう
ございます。
おしゃれなデザインをほどこして下さった鈴木成一先生
そして、どこかの誰かさん=読者のあなたに、心をこめて——
ありがとうございます。

どこかの誰かさんとか、わたし自身が
なにか困った時、モヤモヤする時に
ああ、相談相手にふさわしい人が
いたらいいなあ…と、さがしていた時
〃ニコニコやさしい、おもしろい
HAPPYおばさん〃にバッタリ!!
ふふ…その人は「いちご新聞」のページの中から
「Bonjour!!」と、あらわれました。
わたしもつられて
「Bonjour!!」とごあいさつ。
みなさまにも、ご紹介できて
とっても一うれしいです。

田村セツコ。

〈初出 イラスト出典リスト／サンリオ『いちご新聞』より〉

・p34-35	HAPPYおばさんのおしゃべりCAFÉ	2013.11月
・p38-39	HAPPYおばさんのおしゃべりCAFÉ	2017.3月
・p42-43	HAPPYおばさんのひみつの小部屋	2012.12月
・p46-47	HAPPYおばさんのおしゃべりCAFÉ	2018.4月
・p50-51	HAPPYおばさんのおしゃべりCAFÉ	2017.9月
・p54-55	HAPPYおばさんのおしゃべりCAFÉ	2016.9月
・p58-59	HAPPYおばさんのおしゃべりCAFÉ	2016.3月
・p62-63	アップルちゃんのミラクル日記	2009.4月
・p70-71	アップルちゃんのミラクル日記	2009.5月
・p74-75	HAPPYおばさんのおしゃべりCAFÉ	2016.11月
・p78-79	HAPPYおばさんのおしゃべりCAFÉ	2013.8月
・p82-83	HAPPYおばさんのおしゃべりCAFÉ	2016.10月
・p86-87	HAPPYおばさんのおしゃべりCAFÉ	2019.5月
・p90-91	HAPPYおばさんのおしゃべりCAFÉ	2016.12月
・p94-95	HAPPYおばさんのひみつの小部屋	2012.3月
・p98-99	アップルちゃんのミラクル日記	2009.7月
・p102-103	HAPPYおばさんのおしゃべりCAFÉ	2019.3月
・p106-107	アップルちゃんのミラクル日記	2009.9月
・p110-111	HAPPYおばさんのおしゃべりCAFÉ	2013.10月
・p114-115	HAPPYおばさんのおしゃべりCAFÉ	2013.12月
・p122-123	HAPPYおばさんのひみつの小部屋	2011.7月
・p126-127	HAPPYおばさんのおしゃべりCAFÉ	2018.8月
・p130-131	田村セツコのひみつの小部屋	2010.1月
・p134-135	田村セツコのひみつの小部屋	2010.5月
・p138-139	田村セツコのひみつの小部屋	2009.11月
・p142-143	田村セツコのひみつの小部屋	2009.12月
・p146-147	田村セツコのひみつの小部屋	2010.12月
・p150-151	田村セツコのひみつの小部屋	2010.7月
・p154-155	田村セツコのひみつの小部屋	2010.6月
・p158-159	田村セツコのひみつの小部屋	2010.9月
・p162-163	HAPPYおばさんのおしゃべりCAFÉ	2018.9月
・p166-167	HAPPYおばさんのおしゃべりCAFÉ	2017.11月
・p170-171	HAPPYおばさんのおしゃべりCAFÉ	2018.3月
・p174-175	HAPPYおばさんのおしゃべりCAFÉ	2017.1月

HAPPYおばさんの
しあわせな暮らし方

二〇一九年十一月二〇日　初版第一刷発行

著者　田村セツコ
協力　サンリオ『いちご新聞』
発行者　笹田大治
発行所　株式会社興陽館
郵便番号一一三-〇〇二四　東京都文京区西片一-一七-八　KSビル
電話〇三-五八四〇-七八二〇　FAX〇三-五八四〇-七九五四
URL http://www.koyokan.co.jp
ブックデザイン　鈴木成一デザイン室
編集協力　新名哲明
編集補助　島袋多香子＋中井裕子
編集人　本田道生
印刷　KOYOKAN,INC.
製本　ナショナル製本協同組合
 ISBN978-4-87723-245-0 C0095

田村セツコの本

『おしゃれなおばあさんになる本』

田村セツコ

おばあさんになって
人生はますます輝きだす！

年齢を重ねながら人はどれだけ
美しくおしゃれに暮らせるのか？
ますますかわいくおしゃれな
田村セツコさんが書き下ろした
「おしゃれ」や「生き方の創意工夫」の知恵！
イラストも満載の一冊です。

四六版並製224頁／定価本体1388円+税
ISBN978-4-87723-207-8 C0095

田　村　セ　ツ　コ　の　本

『孤独をたのしむ本』
100のわたしの方法
田村セツコ

ひとり時間は冒険！

いつでもどんなときでも
「ひとりの時間」をたのしむ
コツを知っていたら
人生はこんなに面白い。
80歳現役イラストレーターの
田村セツコがこっそり教える「孤独のすすめ」。

四六版並製288頁／定価本体1388円+税
ISBN978-4-87723-226-9 C0095

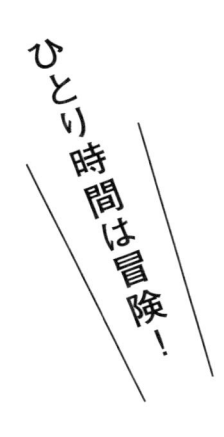

〈　興　陽　館　の　本　〉

孤独をつらぬけば、
それは魅力になる！

『孤独がきみを強くする』
岡本太郎

孤独はただの寂しさじゃない。
孤独こそ人間が強烈に生きるバネだ。
たったひとりのきみに贈る、
岡本太郎の生き方。

四六版並製208頁／定価1000円+税
ISBN978-4-87723-195-8 C0095

人は群れるから
弱くなるのだ！

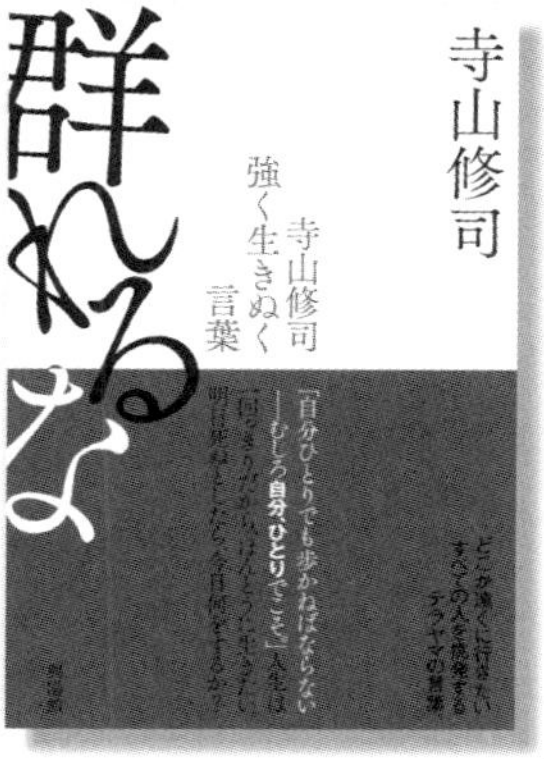

『群れるな』
寺山修司 強く生きぬく言葉
寺山修司

「引き金を引け、ことばは武器だ！」
「ふりむくな、ふりむくな、後ろに夢はない。」
これが生を見つめる
「言葉の錬金術師」寺山修司の
ベストメッセージ集！

四六版並製192頁／定価1000円+税
ISBN978-4-87723-218-4 C0095